U0073742

nowledge. 知識工場
Knowledge is everything！

nowledge.

知識工場

Knowledge is everything！

常用動詞活用變化表

		辞書形	ます形	連用形	て形	た形	ない形	可能形	意向形	受身形	ば形	使役形
五段動詞	使う	つかう	使います	使い	使って	使った	使わない	使える	使おう	使われる	使えば	使わせる
	書く	かく	書きます	書き	書いて	書いた	書かない	書ける	書こう	書かれる	書けば	書かせる
	行く	いく	行きます	行き	行って	行った	行かない	行ける	行こう	行かれる	行けば	行かせる
	騒ぐ	さわぐ	騒ぎます	騒ぎ	騒いで	騒いだ	騒がない	騒げる	騒ごう	騒がれる	騒げば	騒がせる
	話す	はなす	話します	話し	話して	話した	話さない	話せる	話そう	話される	話せば	話させる
	打つ	うつ	打ちます	打ち	打って	打った	打たない	打てる	打とう	打たれる	打てば	打たせる
	死ぬ	しぬ	死にます	死に	死んで	死んだ	死なない	死ねる	死のう	死なれる	死ねば	死なせる
	運ぶ	はこぶ	運びます	運び	運んで	運んだ	運ばない	運べる	運ぼう	運ばれる	運べば	運ばせる
	頼む	たのむ	頼みます	頼み	頼んで	頼んだ	頼まない	頼める	頼もう	頼まれる	頼めば	頼ませる
	取る	とる	取ります	取り	取って	取った	取らない	取れる	取ろう	取られる	取れば	取らせる
	ある	ある	あります	あり	あって	あった	ない	－	あろう	－	あれば	－
	開く	あく	あきます	あき	あいて	あいた	あかない	あける	あこう	あけられる	あけば	あかせる
	開く	ひらく	ひらきます	ひらき	ひらいて	ひらいた	ひらかない	ひらける	ひらこう	ひらかれる	ひらけば	ひらかせる
	直す	なおす	直します	直し	直して	直した	直さない	直せる	直そう	直される	直せば	直させる
	割る	わる	わります	わり	わって	わった	わらない	われる	わろう	わられる	われば	わらせる
	破る	やぶる	破ります	破り	破って	破った	破らない	破れる	破ろう	破られる	破れば	破らせる
	汚す	よごす	汚します	汚し	汚して	汚した	汚さない	汚せる	汚そう	汚される	汚せば	汚させる
	消す	けす	消します	消し	消して	消した	消さない	消せる	消そう	消される	消せば	消させる
	切る	きる	切ります	切り	切って	切った	切らない	切れる	切ろう	切られる	切れば	切らせる
	落とす	おとす	落とします	落とし	落として	落とした	落とさない	落とせる	落とそう	落とされる	落とせば	落とさせる
	並ぶ	ならぶ	並びます	並び	並んで	並んだ	並ばない	並べる	並ぼう	並ばれる	並べば	並ばせる
	読む	よむ	読みます	読み	読んで	読んだ	読まない	読める	読もう	読まれる	読めば	読ませる
	聞く	きく	聞きます	聞き	聞いて	聞いた	聞かない	聞ける	聞こう	聞かれる	聞けば	聞かせる
	買う	かう	買います	買い	買って	買った	買わない	買える	買おう	買われる	買えば	買わせる
	待つ	まつ	待ちます	待ち	待って	待った	待たない	待てる	待とう	待たれる	待てば	待たせる
	会う	あう	会います	会い	会って	会った	会わない	会える	会おう	会われる	会えば	会わせる
	遊ぶ	あそぶ	遊びます	遊び	遊んで	遊んだ	遊ばない	遊べる	遊ぼう	遊ばれる	遊べば	遊ばせる
	帰る	かえる	帰ります	帰り	帰って	帰った	帰らない	帰れる	帰ろう	帰られる	帰れば	帰らせる
	起こす	おこす	起します	起し	起して	起した	起さない	起せる	起そう	起される	起せば	起させる
一段動詞	見る	みる	見ます	見	見て	見た	見ない	見られる	見よう	見られる	見れば	見させる
	居る	いる	います	い	いて	いた	いない	いられる	いよう	いられる	いれば	いさせる
	教える	おしえる	教えます	教え	教えて	教えた	教えない	教えられる	教えよう	教えられる	教えれば	教えさせる
	開ける	あける	開けます	開け	開けて	開けた	開けない	開けられる	開けよう	開けられる	開ければ	開けさせる
	掛ける	かける	掛けます	掛け	掛けて	掛けた	掛けない	掛けられる	掛けよう	掛けられる	掛ければ	掛けさせる
	落ちる	おちる	落ちます	落ち	落ちて	落ちた	落ちない	落ちられる	落ちよう	落ちられる	落ちれば	落ちさせる
	着る	きる	着ます	着	着て	着た	着ない	着られる	着よう	着られる	着れば	着させる
	食べる	たべる	食べます	食べ	食べて	食べた	食べない	食べられる	食べよう	食べられる	食べれば	食べさせる
	起きる	おきる	起きます	起き	起きて	起きた	起きない	起きられる	起きよう	起きられる	起きれば	起きさせる
不規則動詞	する	する	します	し	して	した	しない	できる	しよう	される	すれば	させる
	来る	くる	きます	き	きて	きた	こない	こられる	こよう	こられる	くれば	こさせる

你的日語很奇怪ㄋㄟ！

三木 勳◎著

本書徹底改造你的台式日語，
鬆學會道地的日語表現！

美しいの人...

別再說日本人也聽得霧煞煞的日文了！

本書有以下幾個特點

1 指出日語學習者易犯的錯誤並糾正其用法，以及又該如何才能說出自然的日語。

2 這不是一本艱澀難懂的文法書，而是以有趣且易懂的方式來說明日語的用法。

3 本書收錄日語必學句型，並以短句呈現，如能反覆地練習並唸出聲音，可訓練自己說出較自然的日語。

4 書中也有提到現代年輕人的用語。並特別收錄「常用動詞活用表」、「日本小學生必學教育漢字」。

　　台灣人真的很喜歡日本，而日本人也很喜愛台灣，走在台灣的街道上，可以看到許多寫著日語文字的招牌，隨處可見「的」這個字被「の」來取代。電視上的一些商業廣告的背景音樂或台詞也有很多是以日語發音；卡拉OK店裡的日本歌謠也很受歡迎，在夜市也有販賣「たこ焼き」和「お好み焼き」等等之類的食物。因為喜愛日本的卡通或連續劇而學習日語的人也是不計其數。每當看到台灣人對於日本是如此地憧憬、醉心時，總會覺得非常難能可貴，心中亦會感到無比地歡喜。

　　我們都知道一流的歌手們會跟聲音教練員訓練自己的發聲，而學語言的人會因為不知道自己的發音如何，也會以錄音機錄下自己的聲音來練習，然而當聽到自己錄下的聲音時，卻常常感到很洩

氣。當然了在台灣人當中，能夠說一口漂亮的日語的也是大有人在。

雖說如此，但筆者也常見到台灣籍的日語教師也是會說出或寫出有點奇怪且不自然的日語。或許是因為沒有人可以糾正其唸法及寫法，就不會覺得自己說出來或寫出來的日語是很奇怪的了。

這本書，不僅是為剛學習日語者所寫，也是為那些即使已經學了多年日語的人，或者是希望能夠說出較自然的日語的學習者而寫的一本書。書中也提出並指正台灣人學習日語時易犯的錯誤。為了能夠讓日語學習者再次複習日語的文法，本書也針對這個部分做了整理，但絕不是會令人感到乏味的文法書。文法解說的部分是以生動活潑、有趣、簡單易懂的方式來表達。由於語言是有生命的，隨著時代不斷地變化著，因此在本書中也特別提及最近日本年輕人的用語供讀者們參考。

編撰本書時，承蒙各方賜與協助，得以順利完成。在此要感謝陳泳家小姐的協助，輔助我校對中文的部分；以及陳韋穎小姐為了讓日語學習者能夠快樂地學習並了解其意思，非常用心地為本書畫了許多的插圖。在此僅對曾經協助我的朋友們衷心至上萬分謝意。

謝謝您們！！

三木　勳

Contents

Topic 01 「平假名」是日本人的心

1. 丸文字和教科書體

　　萬葉集時代日本人借用漢字的音讀來表記文字（萬葉假名），當時的情侶們用萬葉假名寫情書（和歌）。

　　平安時代（794～1185）萬葉假名的草書變成現在使用的平假名，因當時還沒有手機、電腦，人們只能使用毛筆寫信，字跡非常流暢且美麗。

　　現在情侶約會見面的機會很多，但當時要見面不是那麼容易，只能透過情書（和歌）來傳情，如此一來，會讓對方很有想像的空間，心想「對方到底是怎樣的人呢？」。如果收到字跡美麗的信，男性會想像應該是美麗的女子所寫的吧？！一定是皮膚白皙、長髮飄逸的女子吧！？她是不是有一雙猶如森林中寂靜的湖般清澈的雙眸？是不是有像玫瑰般馥郁的嘴唇啊！？

因為現代的年輕人常使用手機和電腦打字，都不太不擅長用筆寫字，他們所寫出來的字像漫畫裡的「丸文字」。

「丸文字」和錯字多的信會令人覺得這封信是沒有受過教育的人所寫的。

丸文字で　あいうえお

有一天，我在台灣的語言學校裡，看到台籍老師在白板上寫出奇怪的平假名，令我感到很失望。「あ」的字寫得扁扁的。「さ」和「き」的字都是丸文字。看到這樣的丸文字，日本人會覺得那是沒有受過教育的人所寫出來的。因此，我希望透過本書的引導，各位學日語的學子們可以寫出一手美麗的字。

一般說來，我們常見的日文字體有「黑體字」、「明體字」兩種，但日本國內常用的「教科書體」卻很少被使用。

台灣知名的語言學校，教50音時，都是讓學生們練習寫黑體字的平假名或者是印刷體，但這樣的教學方式是無法使學生寫出漂亮的字體。網路上有使用毛筆寫出的平假名的網站，十分推薦同學們可以參考看看。所以本書的日文均採用教科書體的字，請各位至少以「教科書體」為範本來書寫平假名。「教科書體」的字型，同學們可以上網去下載來參考。

2. 如何寫出漂亮的平假名

　　我發覺台灣的學生握筆的方法並不是很正確。正確的方法是使用大拇指、食指、中指這三指來拿筆。這樣的話，胳膊不需要使用很大的力量也能寫出較大且柔軟的字。

　　練習寫雞蛋狀的圖型（左側小，右側大的圓形）也會很有幫助。同學們可以仔細觀察看看，是不是「あ」和「お」等文字都狀似雞蛋的形狀呢？

　　同時，練習「レ」的筆畫，從上面到下面寫縱線的時候，讓線條垂直稍微鼓脹向左側，一筆畫到底時再輕輕地挑起提高即可。是不是和「は」、「ほ」等的文字都很類似呢？只要「稍微斜上」、「稍微彎曲」，就能寫出令人感覺柔軟又美麗的平假名。

然後「、」也要練習。從左面向右下方，一氣呵成地寫到下端時，再輕輕地勾起。如果到了右側就輕輕地彈開。

此外，寫平假名的時候需掌握以下要點：

1. 像寫毛筆的感覺。

2. 像太極拳一樣地流暢。

3. 一氣呵成的感覺（一筆完成）。

「ふ」雖然是四畫，不過，要以一氣呵成的感覺寫。

有的學生會用二畫的黑體字、印刷體的丸文字寫「さ」，令人看了覺得很幼稚。教科書體的「さ」雖然是三畫，但如能用一筆畫寫成的話，看起來會更美。請絕對不要寫「丸文字」或像機器人一般寫出直線很多的字。

或許台灣人和日本人的審美觀不同，但不可否認的是美麗的文字對日本人而言是很有魅力的。因為平假名的柔和曲線就像是日本人的心情。

黑體字

教科書體

Topic 1 「平假名」是日本人的心

3. 桃太郎さん

　　為了能夠流利地講日語，以下就借「桃太郎」的曲子來練習５０音，每次教唱這個部分時，都十分受學生們的歡迎，一起來唱歌吧！

あ	い	うえお	かきくけ	こ
ま	み	むめも	やいゆえ	よ
か	き	くけこ	がぎぐげ	ご
は	ひ	ふへほ	ばびぶべ	ぼ

さ	し	すせそ	たちつて	と
ら	り	るれろ	わいうえ	を
さ	し	すせそ	ざじずぜ	ぞ
ば	ぴ	ぶべぼ	らりるれ	ろ

な	に	ぬねの	はひふへ	ほ
あた	かち	さたな	はまやら	わどぞ
た	に	つてと	だぢづで	ど
な	に	ぬねの	ざじずぜ	ぞ

使用教科書體寫平假名

清音

あ	a ㄚ	い	i 一	う	u ㄨ	え	e ㄝ	お	o ㄛ
か	ka ㄎㄚ	き	ki ㄎ一	く	ku ㄎㄨ	け	ke ㄎㄝ	こ	ko ㄎㄛ
さ	sa ㄙㄚ	し	shi 丁一	す	su ㄙ	せ	se ㄙㄝ	そ	so ㄙㄛ
た	ta ㄊㄚ	ち	chi ㄑ一	つ	tsu ㄘ	て	te ㄊㄝ	と	to ㄊㄛ
な	na ㄋㄚ	に	ni ㄋ一	ぬ	nu ㄋㄨ	ね	ne ㄋㄝ	の	no ㄋㄛ
は	ha ㄏㄚ	ひ	hi ㄏ一	ふ	fu/hu ㄏㄨ	へ	he ㄏㄝ	ほ	ho ㄏㄛ
ま	ma ㄇㄚ	み	mi ㄇ一	む	mu ㄇㄨ	め	me ㄇㄝ	も	mo ㄇㄛ
や	ya 一ㄚ			ゆ	yu 一ㄨ			よ	yo 一ㄛ
ら	ra ㄌㄚ	り	ri ㄌ一	る	ru ㄌㄨ	れ	re ㄌㄝ	ろ	ro ㄌㄛ
わ	wa ㄨㄚ							を	o ㄛ
ん	n ㄣ								

Topic 1 「平假名」是日本人的心

濁音

	ga		gi		gu		ge		go
が	ㄍ ㄚ	ぎ	ㄍ ㄧ	ぐ	ㄍ ㄨ	げ	ㄍ ㄝ	ご	ㄍ ㄛ
ざ	za ㄗ ㄚ	じ	ji ㄗ ㄧ	ず	zu ㄗ ㄨ	ぜ	ze ㄗ ㄝ	ぞ	zo ㄗ ㄛ
だ	da ㄉ ㄚ	ぢ	ji ㄗ ㄧ	づ	zu ㄗ ㄨ	で	de ㄉ ㄝ	ど	do ㄉ ㄛ
ば	ba ㄅ ㄚ	び	bi ㄅ ㄧ	ぶ	bu ㄅ ㄨ	べ	be ㄅ ㄝ	ぼ	bo ㄅ ㄛ

半濁音

	pa		pi		pu		pe		po
ぱ	ㄆ ㄚ	ぴ	ㄆ ㄧ	ぷ	ㄆ ㄨ	ぺ	ㄆ ㄝ	ぽ	ㄆ ㄛ

拗音

き ゃ	kya ㄎㄧㄚ	き ゅ	kyu ㄎㄧㄨ	き ょ	kyo ㄎㄧㄛ
し ゃ	sha ㄒㄧㄚ	し ゅ	shu ㄒㄧㄨ	し ょ	sho ㄒㄧㄛ
ち ゃ	cha ㄑㄧㄚ	ち ゅ	chu ㄑㄧㄨ	ち ょ	cho ㄑㄧㄛ
に ゃ	nya ㄋㄧㄚ	に ゅ	nyu ㄋㄧㄨ	に ょ	nyo ㄋㄧㄛ
ひ ゃ	hya ㄏㄧㄚ	ひ ゅ	hyu ㄏㄧㄨ	ひ ょ	hyo ㄏㄧㄛ
み ゃ	mya ㄇㄧㄚ	み ゅ	myu ㄇㄧㄨ	み ょ	myo ㄇㄧㄛ
り ゃ	rya ㄌㄧㄚ	り ゅ	ryu ㄌㄧㄨ	り ょ	ryo ㄌㄧㄛ
ぎ ゃ	gya ㄍㄧㄚ	ぎ ゅ	gyu ㄍㄧㄨ	ぎ ょ	gyo ㄍㄧㄛ
じ ゃ	ja ㄗㄧㄚ	じ ゅ	ju ㄗㄧㄨ	じ ょ	jo ㄗㄧㄛ
び ゃ	bya ㄅㄧㄚ	び ゅ	byu ㄅㄧㄨ	び ょ	byo ㄅㄧㄛ
ぴ ゃ	pya ㄆㄧㄚ	ぴ ゅ	pyu ㄆㄧㄨ	ぴ ょ	pyo ㄆㄧㄛ

Topic 1 「平假名」是日本人的心

013

手寫的平假名和萬葉假名

あ	安	い	以	う	宇	え	衣	お	於
か	加	き	幾	く	久	け	計	こ	己
さ	左	し	之	す	寸	せ	世	そ	曾
た	太	ち	知	つ	川	て	天	と	止
な	奈	に	仁	ぬ	奴	ね	祢	の	乃
は	波	ひ	比	ふ	不	へ	部	ほ	保
ま	末	み	美	む	武	め	女	も	毛
や	也			ゆ	由			よ	与
ら	良	り	利	る	留	れ	礼	ろ	呂
わ	和					を	遠	ん	无

014

Topic 02 那個人好像日本人

1.「ち」和「じ」

很多學生一開始學習平假名的時候不太會區分「ち」和「じ」的發音。請學生發「知事」〔chiji〕和「自治」〔jichi〕音的時候，都發音成〔jiji〕同樣的音。

為什麼會這樣呢？

一個原因是，中文的發音方式跟日語不一樣。中文有「送氣音」和「不送氣音」的區別。日語則有分成「有聲音」和「無聲音」。

日語：塞音・擦音，如「ば」〔ba〕和「ぱ」[pa]，
　　　「だ」〔da〕和「た」〔ta〕

中文：送氣音・不送氣音，如「八」〔ba〕和「趴」[pa]，
　　　「搭」〔da〕和「他」〔ta〕

台灣人發「ち」這個音的時候，在日本人的耳中聽起來像是「雞」〔ji〕的音。

所以我都會讓學生發音「七」〔くー〕，這樣的話日本人聽來是「ち」〔chi〕的音，這樣才是正確的。

　　舉例來說：「時間到了」的時候，想要說「あっ、じかんだ！」〔ah，jikan da！〕（あっ、時間だ！）如果說成「あっ、ちかんだ！」〔ah，chikan da！〕（あっ、痴漢だ！）的話，聽到此話的人或許會馬上叫警察來哦。

2. 唱卡拉OK是很好的練習

　　我曾教過幾個歐巴桑日語。我發覺歐巴桑學習日語特別熱情。她們會拚命發問各式各樣的文法問題，然後用心地記筆記以方便可以回家練習。教得愈多她們愈滿意，認為這樣的老師

是個認真教學的好老師。但是，歐巴桑的會話很奇怪。我就曾經糾正了好幾次「美しいの人」的唸法，但是她們仍然無法正確地表達，而奇怪的口音也不容易改正。

有個年輕的男學生，雖然他的日語能力1級考取合格了，但是他講的日語我也聽不太懂。但是，另外有個年輕的女學生來上課，她雖然只學了一年的日語，也從沒有參加日語能力檢定。但是她講得日語卻和日本人一樣自然。她說她很喜歡日本的文化，也常常看日語發音的電視和電影。

歐巴桑雖然日語學習很久，不過因為不常看日語的電視劇和電影，以致於聽力學習的時間太少。

有人說中國人因為看得懂漢字，應該比印度人早點兒能學會說日語，但實際上並非如此，這是因為當中國人在看日語的報紙時，大約就能理解內容的意思，以為自己已經學會日語了，就不想再繼續認真而深入學習所致。

而印度人因為完全不懂漢字和平假名，所以只能按部就班地用耳朵認真聽，聽久了就有了記憶，也就能夠自然地說出流暢日語。

各位學習者是想成為一位文法學者嗎？或是想要像日本人一樣的自然地說日語呢？

想要像日本人一樣自然地說日語的話，就一定要多聽日語。而「Shadowing（跟述）學習法」是非常有效的。

市面上有很多日語會話學習書普遍都附有CD或MP3，大家

Topic 2 那個人好像日本人

可以將它轉錄在自己的隨身聽、MP3裡，每天多聽幾次並一定要開口模仿其音調。

而日語的卡拉ＯＫ也能加強日語的表達能力。同時也不需要害怕「忘記」。因為：「記」→「忘記」→「記」→「忘記」→「記」……「記住了！」。事實上，「忘記」是記憶上必要的過程。

開始記的時候必須在腦海裡留下正確的發音。由於不對的記憶也可能留在腦海裡，所以不用急著馬上就要留下正確的記憶。如果即使記100次仍無法記住，第101次就一定能記住了吧。

我去聆聽了2005年的Chopin國際鋼琴競賽會獲得冠軍的Rafal Blechacz的音樂會。當時我深深被那完美的演奏所吸引，令我非常感動。

Rafal Blechacz曾說：「直到能夠彈出達到在演奏會上彈奏的水準時，我會認真地完成一個作品，我喜歡這樣的過程。雖然十分花費時間與心力，不過，那段期間我能專注在那個作品上，是件多麼幸福的事啊。作品與我合為一體再傳達給聽眾，我的理想是讓聽眾瞭解並接受我的作品。」

一般人可能會認為因為他是音樂天才，理所當然能簡單地彈奏鋼琴，不過，事實並非如此，完美的作品是需要「花費時間及心力」練習而成的。

所以，不必著急，多聽正確的日語發音，並且一定要試著

開口說說看吧！

 3. 現代的日語使用很多的片假名

　　我認識一家公司的社長，他會說日語，認識很多挺深的日語單字，不過即使我認真聽他說的日語，亦不太能夠聽懂他要表達的意思。他講的日語雖然沒有錯誤，但是他使用太多的漢字單詞及外來語的片假名，以致於他說的內容令人難以理解。

　　「墊子」的日語是「マット」。這個字是從英文「mat」來的外來語。日本人發音的話是發[matto]，但是那個社長的發

音成[me]+[a]+[t]　，他是發英文原來的發音，但又有台灣人的口音。我得聽好幾次才聽得懂，真是辛苦啊！

　　將外來語用日語寫成片假名，是「子音」+「母音」的表記，最後面不是「子音」。唸外來語時一定要按照片假名的發音方式，不然的話，日本人是會聽不懂的喔！

　　很多台灣學生比較容易輕忽片假名，認為它就是和英文一樣。但事實上，片假名在日本卻是很常被使用的。例如：去「カフェ」（咖啡廳）吃「ティラミス」（提拉米蘇）喝「カプチーノ」（卡布奇諾）用「ケイタイ」（手機）照「フォト」（相片）……等等。

　　以下是一般的日語學習書比較不會寫出的拗音，但是這些發音請務必要記住，並發正確的音，這樣日本人才聽得懂。

ファ[fa]	フィ[fi]		フェ[fe]	フォ[fo]
ヴァ[va]	ヴィ[vi]	ヴ[vu]	ヴェ[ve]	ヴォ[vo]
	ティ[ti]	トゥ[tu]		
	ディ[di]	ドゥ[du]		
ツァ[tza]	ツィ[tzi]	ツェ[tze]		ツォ[tzo]
	チェ[che]			

日語很簡單

　　日本人拍照的時候，會說「写真をとる」。

　　小偷進入便利商店後「お金をとる」。

　　公司招募員工，是說「社員をとる」。

　　吃飯的時候，會說「寿司をとる」。

　　在運動會時，爸爸為孩子「ビデオをとる」。

　　貓捉老鼠，是說「ねずみをとる」。

　　以上動詞的表現方式都是用「とる」。單單「とる」這個單字，能表現出來的意思卻是很多。

　　而中文又是如何表現呢？在中文裡，為了表現各種動作就需要不同的動詞。

　　日語漢字的讀法有分成「音讀」和「訓讀」兩種。「書」的音讀是[sho]，是「図書館」的「書」。另一方面，訓讀的話，寫成「書く」就讀成[kaku]。

　　原本用筆在紙上記下文字等的動作，用日語是說「かく」，借漢字寫成「書く」。而上述的「写真をとる」的「とる」借漢字寫的話成為「写真を撮る」；「お金をとる」成為「お金を盗る」；「社員をとる」成為「社員を採る」，「寿司をとる」成為「寿司を取る」，「ビデオ

をとる」成為「ビデオを録る」，「ねずみをとる」成為
「ねずみを捕る」。

　　總之，要取得東西的時候說「とる」。以上意思如以中文
來表現時，就變成為：照相、偷錢、採用新職員、叫壽司，拍
照錄影、捉老鼠。

　　照這樣看來，日語是不是比較簡單，而中文相對比較複
雜。

　　一般而言，日語有「文言文」和「白話文」兩種，不過在
日常會話裡只會使用簡單的動詞來表現。

　　連孩子也聽得懂的日語表現、簡潔的說法才是自然的日
語。假如日本人也使用很多漢字表現（從中國來的外來語），
其講出來的話就不太容易聽得懂。

　　首先，我們一定要記住基本日常生活上經常會使用的動
詞，如——もつ，いう，たべる，のむ，ねる，かく，よ
む，あげる，もらう，かう，うる……等。

　　我之前還是上班族，在公司工作的時候，常常有機會到世
界各國出差。至少都要學會各地語言的「你好」、「謝謝」、
「多少錢？」這幾個簡單的基本用語。雖然只是簡單的言詞卻
能打開對方的心，達到溝通的目的，而我也能愉快地旅行。

日語的麻煩

1. 開發的國家

　　日本列島的總面積雖然只排名於世界上第61名的島嶼，但以海岸線長度排序而言 ，則位居世界第6名。

　　因為擁有這樣的地理環境條件，使日本成為廣被外界開發的海洋性國家。不同的文化習慣從南洋、中國大陸、韓國及西歐各國接踵而至。

　　也由於春夏秋冬四季季節的分明以及氣候溫暖的優勢，日本的房子可用紙張及木頭來建造，不像西歐寒冷的國家為了防禦敵人的攻擊而必須以石頭來建造厚重的門窗。然而木頭及紙張建造的房子致使連隔壁的人說話的聲音也能馬上聽得到。

　　現在在日本，雖然已沒有混浴式的溫泉，但只要到了溫泉區，還是經常可以看到一些人光著身體很自然地和不認識的人交談，因此，可以說日本本來就是一個很開放的民族。

2. 外來語

　　日語主要是由漢字、平假名、片假名，及羅馬字母而組成的，在這世界上大概沒有像日本這樣的國家吧！

　　此外，雖然外來語的取得與使用是件容易的事，但現在有很多的外來語是連一般的日本人都不了解的。

　　例如：「アセスメント」（影響評価）、「アメニティー」（快適環境）、「コンプライアンス」（法令順守）、「バイオマス」（生物由来資源）等，知道以上外來語涵義的日本人也不多。

　　日本人喜歡新的事物，而他們也覺得用片假名來書寫較有新鮮感，亦可誇耀自己是個有才華的人。但對即使能看得懂及書寫片假名的台灣學生而言，面對片假名也會有恐懼感。

　　只要去過日本，就會發現日本商店的看板、化妝品及便利商店，使用片假名來表現的非常多，所以各位學習者還是要學會看得懂片假名。

　　以平假名來表示的外來語需要發音成如平假名的發音。如果發音成原來的外來語〈外文原文〉的話，很多日本人就會聽不懂其意思，所以自然會對其敬而遠之。

　　外來語是以片假名來表示，日語學習者常會分不清楚「清音」「濁音」「撥音」。

　　外來語的原拼法如是「p」的話則屬撥音、「b」的話則屬濁音、「t」的話為清音、「d」的話則屬濁音。

　　例如，百貨公司的英語為（ depart ），語頭的/ de /不是清音的「テ」而是濁音的「デ」，而中間的（pa）不是濁音的「バ」而是屬於撥音的「パ」、（最後的（t）不是濁音的「ド」而是清音的「ト」，因此其最後轉成片假名的拼法為「デパート」，但是也有較為年長的日本人將其唸為「デバート」。

　　其實若連日本人也會這樣的話，學習者們就無需太過緊張。

3. 名詞的單字很多

　　人到了四、五十歲，常常會忘了許多的事物，而且在日語中，新的詞語仍不斷的產生，如果想要全部都記得，我認為是不太可能的事情。

　　例如：「タンクトップ」，「キャミソール」，「チョッキ」，「ベスト」，「ランニングシャツ」。如以中文表示的話為「吊帶背心」，「細肩帶背心」，「背心」，「汗衫背心」。就中文而言，雖然全部都是「背心」，但是中文表達有附上了表示是何種背心的語詞，而日語的話，就只能用原來的語言，以片假名的方式來表示。

　　在中文裡，可以用「什麼樣的」+「物」的名詞來表示一個語詞，即使是小孩子也能很容易理解，並馬上想起來的簡單語詞。

　　但是在日語中有各種既定形式的名詞，我認為一旦忘了，想要回想起來，就不是件簡單的事了。

　　如果就連日本人都無法記得的單字，台灣學生其實是不用特別對記不住單字而感到懊惱了。

　　假如忘記「キャミソール」這個單字怎麼唸時，如果能以女性所穿著的無袖細肩帶背心」般用簡單日語的句子描述的話，那麼日本人也就能很快理解，你所要指的是什麼了。

順便一提有關（背心）的外來語 ，如下表所述。

日語	語源	中文
タンクトップ	tank top（英文）	吊帶背心
キャミソール	camisole（英文）	細肩帶背心
チョッキ	jaqueta（葡萄牙文）	背心
ベスト	veste（法文）vest（英文）	背心
ランニングシャツ	running + shirts（和製英語）	汗衫背心

「チョッキ」這個語詞是從江戶時代的葡萄牙文流傳下來的，因有點古老腐朽的感覺而不常使用，取而代之的是「ベスト」這個名詞。

「ランニングシャツ」（汗衫背心）是和製的英語，但常會簡略為「ランニング」。

但是「ランニング」本來是「跑步」的意思， 所以對於英語系的人而言，「穿ランニング」變成是「把跑步穿」的意思 ，會覺得日語真是一種奇怪的語言。

Topic 4 日語的麻煩

另外，中華料理以中文書寫時　，只要看到漢字的菜名就可以很容易地了解是何種材料及做法，而日本料理則是以片假名來表示，有時就連日本人也不太理解其為何種料理。

　　由此可知，日語和中文的名詞的造字法有很大的不同。請看以下比較表：

日語	中文
チンジャオロース	青椒炒肉絲
サンラータン花子	酸辣湯
ジャージャーメン	炸醬麵

　　另外，日語當中為避免直接表現而使用間接表達的方式也很多，像是：

日語	中文
お宅	您
エッチ←H←Hentai（へんたい）←変態	變態
つちふまず（土踏まず）	腳心

即使聽到「ああ、今日は鍋が食べたいなあ」的時候，可不要誤以為這個人想吃「鐵」或「鋁」的東西，其實在這句話中，「鍋」的意思是「火鍋」。

而在日語裡常常會有類似這種省略的用法出現，此時重要的是必須好好判斷對方是在表達什麼，如果對方不了解單字的意思時，只要搭配詳細的解釋，也可以達到彼此溝通暸解的效果。

Topic 05 漢字的讀法

1. 不能一概貫之

　　台灣的日語學習者閱讀日語報紙或日語小說時，因其內容有七成是漢字，所以大致能會意七～八成內容的意思，但卻無法讀出漢字的唸法。

　　漢字的唸法分為1.音讀；2.訓讀；3.重相讀法；4.湯桶讀法（2+1）。而第2的訓讀是指借用漢字的字形、字義，來配合日本固有的發音。而漢字部分的唸法與中文有相當不同之處，除了熟記其唸法外，並沒有其他可幫助發音的方法。

　　例如：「書く」（かく）、「読む」（よむ）、「食べる」（たべる）、「飲む」（のむ）以上皆是訓讀的唸法。

　　還有音讀的唸法是中文的原發音，並以日語式的發音唸出來而已，但是隨著與中國長時間交流的關係，雖然同樣的一個漢字卻發展出許多不同的讀法。

　　音讀又分為吳音、漢音、唐音。吳音是在五～六世紀時由中國的吳地方直接傳來，以及經由朝鮮半島傳到日本 。例如：「人間」（にんげん）、「女人」（にょにん）、「変化」（へんげ）

漢音是在七～八世紀奈良時代後期到平安時代初期，經由隋唐及留學之僧侶傳過來的。例如：「女性」（じょせい）、「時間」（じかん）、「変化」（へんか）。

唐音則是鎌倉時代到室町時代，藉由禪僧的留學、書籍以及民間貿易傳過來。例如：「銀杏」（ぎんなん）、「行灯」（あんどん）、「饅頭」（まんじゅう）。

隨著時代的不同，漢字也有不同的發音，也只能一一記住其唸法了。本書的附錄特別收錄了日本文部省公布的小學生必學的1006個教育漢字及其唸法，供讀者們查詢。

2. 有可以幫助記憶的方法嗎？

中文裡注音符號的（ㄢ）（ㄣ）音，如果要轉換成日語發音時，通常發成（ん），而（ㄤ）（ㄥ）轉換日語發音時發成（う）音較多。

例如：民眾（ㄇㄧㄣ　ㄓㄨㄥ）唸成「みんしゅう」。

還有，注音符號的「ㄐㄧ」、「ㄑㄧ」，則大多發為「き」。

例如：「機器」（ㄐㄧ　ㄑㄧ）唸成「きき」。

注音符號的「ㄓㄥ」、「ㄔㄥ」則大多發為「せい」。

例如：「正式」（ㄓㄥ　ㄕ）唸成「せいしき」、成功（ㄔㄥ　ㄍㄨㄥ）唸成「せいこう」。

像這樣子，以某些既定性的發音規則來推測，如能做出一套自己的發音規則，是再好不過了。

3. 台灣人的習慣

當台灣學生在唸「五」或者是「保証」時，時常會唸成（ごお），（ほうしょう），但是，正確的唸法──「五」唸成（ご）、「保証」唸成（ほしょう）。

為什麼台灣學生會將它唸成長音呢？其原因是因為中文的「五」是唸（ㄨˇ）；「保証」唸成（ㄅㄠˇ　ㄓㄥˋ）的緣故，因為中文唸起來有長音的感覺，所以唸日語時也就自然地習慣發成長音了。

外出語

　　大家都知道日本有所謂的外來語吧！但你知道什麼是「外出語」嗎？下表的單字就是由日本發展出來的〔外出語〕。

和製英語	日語
bonsai	盆栽
geisha	芸者
haiku	俳句
hara-kiri	切腹
judo	柔道
kabuki	歌舞伎
karaoke	カラオケ
karate	空手
kimono	着物
manga	漫画
ninja	忍者
origami	折紙
sake	酒
salaryman	サラリーマン
samurai	侍
sashimi	刺身
sukiyaki	スキヤキ
sumo	相撲
sushi	寿司
tatami	畳
tempura	天麩羅
teriyaki	照焼
tsunami	津波
zen	禅

和製中文
大根
立腹
芸者
世界
電話
科
哲
社
経済
製紙
製造
製糖
名詞
援交
雑誌

Topic 06 語詞的排序

1. りんごが私を食べます？

　　我吃蘋果的日語為「私はりんごを食べます。」或者是
將語詞的排序改變成「りんごを私は食べます。」也是可以
的，這是日語的特別之處。

　　但是，在中文的語序裡，如果說成「蘋果吃我」，旁人聽
了或許會認為這個人也許是做了可怕的惡夢吧！

　　在日語裡，因為有「は」、「を」這些助詞的關係，所以
即使改變語詞的排序也不會改變「我要吃蘋果」的原意。

　　「は」用來表示「は」前面的名詞是主語，而「を」則是表示「を」前面的名詞是該主語動作的對象。

　　那麼「我在家吃蘋果」時又是如何表示呢？

　　「私は家でりんごを食べます」也可以。

　　「私はりんごを家で食べます」亦可。

　　「家で私はりんごを食べます」

　　「家でりんごを私は食べます」也可以用此方式表達。

　　因為「で」前面的名詞是表示場所的所在地。

　　還有將「我吃蘋果」分為兩個部分：「私は食べます。りんごを」的話，對方也可以了解說話者的意思。但如果將「を」省略的話，只說「私は食べます。りんご」時，就會使整句日語變得有點奇怪。

　　因為日語可藉由助詞來變化語句的排列，所以顯得日語好像是較有彈性變化的語言。

2. 重要的事放到最後處理

　　日語中，都是將一句話裡的動詞放在最後。日語如果沒聽到最後的話，也不了解其意思是常有的事，句尾的部分是決定這句話的重點。例如：

「我吃蘋果」會說成「私はりんごを食べます」。在句尾以肯定的方式來表現。

而「我不吃蘋果」，則是「私はりんごを食べません」，在句尾則以否定方式表示。

花子平常就對太郎有好感，有一天，太郎慢慢地說：「あなたと結婚したい…と思いません」

此時，花子在聽到這句話的最初部分「あなたと結婚したい」時，宛如升天般雀躍高興時，但聽到最後「…と思いません」的時候，則變得垂頭喪氣了。

但如果是中文的話，則不一樣，因為中文的否定表現是出現在句子的開頭部分，就不會讓花子有期待感了。

3. 去東京看電影

在中文裡是以時間的前後決定語詞的排列順序，在日語裡也有和中文相同的排列法。

例如「東京へ行って映画を見ます」在這裡情況是以「て形」的用法來排列，再者要用「東京に映画を見に行く」或者是「映画を見に東京へ行きます」來表達皆可。

這在日語中的用法是以（目的）＋「に」＋「行きます」的形式來表達。

4. 我拜託你買機票

如果使用了「て形」的排列法的日語，是否就和中文的排列法是一樣的呢？事實上並非如此。

台灣的學生常會將「我拜託你買機票」的日語翻譯成「あなたに頼んでチケットを買います」，但這樣的日語並不是自然的日語表現法。

在這樣的情況下，應當翻譯成——

「チケットを買うのをお願いします」、

「チケットを買うようお願いします」、

「チケットを買ってもらいます」

以上三句才是較為自然的日語表達方式。

「拜託」在這個句子裡，是一個很重要的動詞語彙，必須放置在句尾。

同樣地，如果也將「我希望你成功」翻譯成「希望（きぼう）してあなたが成功（せいこう）する」的話，是種很奇怪的說法。應翻譯成——

「あなたが成功（せいこう）することを希望（きぼう）します」、「成功（せいこう）するよう望（のぞ）みます」才是較自然的日語表達方式。

5. 你來台灣多久了？

我來到台灣時，令我感到困擾的是，台灣人常會問我來台灣多少久了？

「台湾（たいわん）に来（き）て何日（なんにち）になるの？」（你到台灣之後經過幾天？）或是「台湾（たいわん）に何日（なんにち）いるの？」（以後你在台灣逗留幾天？）到底是哪一個意思常令我感到疑惑。

「來台灣多久了？」的日語說法為：「来（き）て何日（なんにち）になるの？」或是「いつ来（き）たの？」

在日語裡，修飾述語的副詞必須放置在述語的前面。

「禮拜天我去教會」→「日曜日（にちようび）教会（きょうかい）へ行（い）きます。」或是「教会（きょうかい）へ日曜日（にちようび）行（い）きます。」

「我學日語2年」→「2年間日本語を勉強しました。」
或是「日本語を2年間勉強しました。」

「她非常熱情」→「彼女は非常に親切です。」

6. 關於修飾語的用法

在前一節有提到，無論是在中文或是日語，要判斷修飾語是在修飾後面的哪個語詞是有點困難的。

「警官が血まみれになって逃げる泥棒を追いかけた。」（「血まみれになって」＝滿身是血）

如果問學生們，到底是誰流血了呢？

有的學生回答「是警察」，也有的回答是「是小偷」，那麼，到底是誰流血了呢？這個句子有點「曖昧文」的感覺，到底是誰流血了，並沒有清楚地表達出來。這時如果加上標點符號的話，就可以一目了然。

句號「。」就是表示一段話的結束，逗號「、」則是為了使文章更容易閱讀。

如果是警官滿身是血時，可以寫成——

「警官が血まみれになって、逃げる泥棒を追いかけた。」

　　如果是小偷滿身是血時，可以寫成——

　「警官が、血まみれになって逃げる泥棒を追いかけた。」

　　就像「血まみれになって逃げる泥棒を警官が追いかけた。」一樣可在述語的前面直接加主語即可。

　　而最好的說話方式是以簡短的詞句來表達。含有太多修飾語接續詞的長篇文章，稱不上是一篇好的文章。

　　在日語裡決定整段話的結果是在最後的部分，如果在中間時就忘了所說的話，就無法明白到底是在說什麼了。所以盡可能地用簡潔的方式來說話或寫文章吧！

那麼，如果是小偷身上沾滿了血的話，該如何表現呢？請各位想想吧！

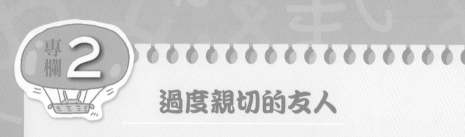

專欄2

過度親切的友人

我來到台灣已有好多年，而且也習慣了中文的日常會話時，有一天中午，我去吃麵時，對店裡的老闆娘說了「豬肉」時，她卻以訝異的表情看我，雖然我重複說了很多次「豬肉」，但老闆娘卻說：「聽不懂，沒有這樣的東西。」

我覺得很奇怪，因為菜單上明明有寫著豬肉這道食物。所以我只好指著菜單，告訴她我想點這道食物。老闆娘這才恍然大悟，了解我是想要點什麼。

原來是我自己發音錯誤了。我將這件事告訴了台灣的友人，問他我的發音是不是很奇怪。朋友告訴我的確是有點奇怪。

「ㄓㄨ　ㄖㄡˋ」的翹舌音「ㄓ」「ㄖ」的發音對我而言是沒有問題，但我將「ㄨ」的音發成是以日語中「う」的發音方式來發音，也就是說「ㄨ」的發音法是猶如接吻時，嘴唇是嘟起來或圓尖狀，而日語中發「う」的音時，嘴唇是比較橫向較寬的。

我和那個朋友多年來一直是使用中文來交談，因此當我說「豬肉」時，他也能夠明白我要表達的意思，所以就沒有糾正我的「ㄨ」的發音。由於是很親近的朋友，對於對方的發音或說法雖然覺得奇怪，但還是可以理解其意思。也因為如此，就沒有人糾正我的發音，而我也一直認為那是正確的發音法。

各位，如有日本人的朋友的話，當你們在交談時，就煩請他們一定要糾正你的發音吧！

指示代名詞

1.「これ」「それ」「あれ」

中文裡的指示代名詞，只有「這個」「那個」兩種而已， 而在日語裡卻有三種「これ」「それ」「あれ」。當兩個人在說話的時候，「これ」是代表說話者所指的事物範圍； 而「それ」是指聽話者指出的事情範圍。「あれ」則表示既不屬說話者亦不屬於聽話者的範圍。

當兩個人站同一個地方說話時，「これ」是指離兩個人較近的事物，「それ」是有些距離，而「あれ」則指離得較遠的事物。

但是，對台灣人而言「これ」是指「這個」、「それ」是指「那個」、「あれ」也是「那個」的意思。

當台灣人要表示「那個」的時候使用「それ」也使用「あれ」，如果對於「それ」和「あれ」都沒有區分的話，當日本人聽到時就會分不清楚到底說話者是指那件事。例如：

日本人：「この本はおもしろいですよ。」

（這本書很有趣喔！）

台灣人：「あの本はどこに売っていますか？」
（那本書在哪裡賣呢？）
日本人：「あの本と言うと？」（你是指哪本書？）
台灣人：「あの本ですよ！」（那本書啊！）
日本人：「？？？」

雖然只是簡單的對話卻沒達到溝通的目的。

例子中日本人說「この本……」時，是指當時他所持有的那本書，所以當台灣人要指那本書時必須說：「その」或「それ」。

如果台灣人說「あの」或「あれ」的話，日本人會以為是指其他的書本而言，而不是現在他持有的這本書。

2. 星期日

　　台灣人經常說「這個星期日」，所以翻成日語時會直接翻譯成「この日曜日」。還有「這個星期一」也會直接翻譯成「この月曜日」。

　　由於台灣人認為一週指的是從星期一開始到星期日為止。假設今天是星期四，台灣人要表達「這個星期日」的話，是指三天後的星期日。如果是要表達「這個星期一」的話，台灣人是指三天前的星期一。但是當日本人聽到「這個星期一」時大多會以為是四天後的星期一。這就是關鍵所在，台灣人想要表達三天前的星期一會說「這個星期一」，因此，台灣人和日本人之間就常在這裡發生了誤解。

　　這是因為在日本，許多的人認為一週的開始是星期日，「下個星期日」直接譯成日語時為「来週の日曜日」。

　　如此一來，對台灣人而言他們會認為是十天後的星期日，但對日本人而言則指的是三天後的星期日。

　　如果說「次の日曜日」或是「今度の日曜日」的話，則毫無疑問的，就是指三天後的星期日。

　　為了不讓難得的約會，因為弄錯了時間而造成了爽約的情形，接下來讓我來告訴各位一個筆者親身經歷的慘痛經驗。

　　年輕時的我到斯洛文尼亞出差時，認識了當地一位金髮的女性朋友，我們相約星期天十一點在某地的湖畔會面。

Topic 7 指示代名詞

當天我依約搭巴士前往，十一點前就到達約好的地點，但並沒有看到她的出現，我一直等了一個小時也沒有看到她的蹤影。無計可施之下，心想只好到附近的咖啡廳喝杯咖啡後回家吧！當我到了咖啡店，看到了牆上的鐘指著一點，我大吃一驚，怎麼我的手錶才十二點而已。問了店裡的人才知道，當地夏天的時間是從今天開始。而她已在我的手錶上指著十點時，就已搭車來到這裡赴約了，因我遲遲未出現，她已經生氣地回家了。原本我還以為是她爽約而感到不悅呢！

　　所以，如果只考慮到自己國家的文化或以自己的想法來判斷事情，在無意中就很可能會產生彼此的誤會。

3. 那時

日本人：「昨日昔の彼女に台中駅で偶然出会った
よ。」（昨天我偶然在台中車站遇見前女友。）

台灣人：「あの時彼女は男友達と一緒にいた？」
（那時候她有和她男朋友在一起嗎？）

日本人「？？？」

以上的例子也是台灣人對於「その」和「あの」的典型錯誤用法。

例子中，日本人和前女友碰面時的「那時」與台灣人所指的「那時」是相同的時間，所以此時正確的說法應為：「その時彼女は男友達と一緒にいた？」

假如日本人和台灣人站在相同的立場，回想起以前的事的話，就可以使用「あの時」。

日本人：「去年一緒に越南に行った時現地通貨がなくなって困ったよね？」
（去年一起去越南時，因沒帶當地的貨幣而感到很困擾。）

台灣人：「うん、あの時中国の学生が貸してくれたので助かったんだ。」
（是啊！幸虧當時中國的學生有借錢給我。）

Topic 7 指示代名詞

Topic 08 助詞

1. 中文裡沒有的「助詞」

日語和中文的文法構造有很大的不一樣。

在日語中有所謂的「助詞」存在，但是中文沒有。

「我吃蘋果」的日語是「私(わたし)はりんごを食(た)べます」。這個「を」就是所謂的助詞，因為有助詞的存在，即使語詞的順序改變也不會改變原來句子的意思。「を」這個助詞放在名詞的後面，表示動作的目的語的對象。

但是，因為中文裡的「吃」就已經涵蓋了動作的目的語的對象了，所以就不需要助詞了。

中文裡如果硬是要翻譯出助詞「を」的話，有點類似「把」這個字的意思，也可以說成「我把蘋果吃了」。

然而「把」這個字對日本人而言，就成了一個動詞。翻成日語時「私(わたし)はりんごを取(と)って（それを）食(た)べる」。

當然了，「私(わたし)はりんごを食(た)べる」的說法比較自然。

那麼「我在她的家」該如何翻譯呢？

日語為「私(わたし)は彼女(かのじょ)の家(いえ)にいます」這裡的「に」也是一

個助詞，放在名詞的後面，代表動作發生的場所。

　　中文裡的「在」如翻譯成日語時，一律使用「に」這個助詞，也就是代表活動時的所在地。

　　也就是說，因為中文裡的動詞就已包含了日語裡的動詞的涵義了，所以在日語中一定得使用適當的助詞，置於名詞之後。

　　雖然有點複雜、麻煩，但是只要學習以下幾點並牢記在心，關於助詞的使用，就無須擔心了。

　　請記住以下列舉的基本例文。就動詞而言，皆有其對應可使用的適當助詞，一定要好好地記牢它。

 ## 2. 助詞一覽表

助詞	功能	一起使用的動詞	例句
か	疑問		太郎さんは会社員ですか。 中▸ 太郎先生是上班族嗎？

が	前後兩項相反		太郎さんは来ましたが、花子さんは来ませんでした。 中➡ 太郎先生來了，花子小姐沒有來。
が	主語		明日雪が降るでしょう。 中➡ 明天會下雪吧。
から	起點		映画は1時から始まります。 中➡ 電影是從1點開始。
			横浜から東京まで30分かかります。 中➡ 從橫濱到東京需要花30分的時間。
から	因果關係		台風だから、授業がありません。 中➡ 因為有颱風，所以不必上課。
たり	兩個動作、行為、狀態的並列		食べたり飲んだりします 中➡ 邊吃邊喝。

だけ	限定		チョコレートだけ買います。 中→ 只有買了巧克力。
で	基準 範圍		五個で1,000円です。 中→ 五個1,000元。
			夏休みは明日で終わります。 中→ 暑假到明天就結束了。
で	場所	寝る、 見る、 する	公園で遊びます。 中→ 在公園裡玩耍。
		ある	東京でコンサートがあります。 中→ 在東京有演唱會。
で	方法 工具 材料		電車で東京へ行きます。 中→ 搭捷運去東京。
			りんごでジュースを作ります。 中→ 用蘋果製成果汁。
で	原因		かぜで学校を休みます。 中→ 因為感冒而沒去學校。

と	並列		机の上に本とノートがあります。 中▶ 在桌上有課本和筆記本。
と	共同 行動		花子さんとテニスをします。 中▶ 和花子打網球。
と	說成想的 內容	言う、 歌う、 書く、 教える、 聞く、 答える、 說明する、 たずねる、 伝える、 鳴く、 話す、 読む、 呼ぶ	花子さんが、「あなたが好きよ。」と言いました。 中▶ 花子說了:「我喜歡你喔。」
			花子さんが、あなたが好きよと言いました。 中▶ 花子說出了:「我喜歡你喔。」
と	順態假定 條件		窓を開けると雨でした。 中▶ 打開窗戶時,發現原來下雨了。

ながら	同時進行 兩個動作		食<small>た</small>べながら歩<small>ある</small>きます。 中→ 邊走邊吃。
	前後兩種 情況不相 適應		彼<small>かれ</small>は知<small>し</small>っていながら言<small>い</small>いません。 中→ 他雖然知道卻不說出來。
に	進行動作 的時間		私<small>わたし</small>は6時<small>ろくじ</small>に起<small>お</small>きます。 中→ 我超過6點才起床。
に	存在的 場所	ある、 いる	家<small>うち</small>にパソコンがあります。 中→ 家裡有電腦。
			太郎<small>たろう</small>さんは家<small>うち</small>にいます。 中→ 太郎在家。
に	動作的 目的	行<small>い</small>く、 来<small>く</small>る、 帰<small>かえ</small>る、 出<small>で</small>かける	映画<small>えいが</small>を見<small>み</small>に行<small>い</small>きます。 中→ 去看電影。
に	基準		一日<small>いちにち</small>に3回<small>さんかい</small>ご飯<small>はん</small>を食<small>た</small>べます。 中→ 一天吃3次飯。

Topic 8 助詞

に	到著點	行く、来る、帰る、つける、入る、着く、乗る、登る、置く、入れる、貼る	明日東京に行きます。 中▶ 明天去東京。
			冷蔵庫にビールを入れます。 中▶ 冰箱裡有啤酒。
に	動作的對象	頼む、教える、話す、貸す、返す、渡す、見せる、電話をかける、会う	花子さんに電話をかけました。 中▶ 打電話給花子。

ね	自己的主張或對對方的叮囑		A：花子さんをお願いします。 🀄➜ A：拜託花子。
			B：花子さんですね。 🀄➜ B：是花子吧？
の	事物的所屬或性質		それは太郎さんの自転車です。 🀄➜ 那是太郎的腳踏車。
			東京大学の鈴木です。 🀄➜ 是東京大學的鈴木。
			これは日本語の教科書です。 🀄➜ 這是日語的教科書。
ので	因果關係		今日は日曜日なので、郵便局は開いていません。 🀄➜ 今天是星期天，郵局沒有營業。

のに	逆態確定條件，含有責怪、不滿或感到意外		冬なのに、今日は暑い。 中▶ 雖然是冬天，但是今天很熱。
は	區別		太郎さんは会社員です。 中▶ 太郎是公司的職員。
			日本酒は好きですが、ビールは嫌いです。 中▶ 我雖然喜歡日本酒，但不喜歡啤酒。
へ	移動的方向	行く、 来る、 帰る、 出かける、 曲がる、 入る、 出る	明日東京へ行きます。 中▶ 明天去東京。

まで	到達的時間或空間的終點		映画は1時から3時までです。 **中→** 電影是從1點到3點。 東京まで電車で行きます。 **中→** 搭捷運到東京。
までに	以前	終わる、やる、帰る、Vておく、Vしてしまう	5時までに帰ります。 **中→** 到5點時才回家。
も	共存或並列		私は日本酒が好きです。ワインも好きです。 **中→** 我喜歡日本酒，也喜歡紅酒。
や	並列		机の上に本やノートがあります。 **中→** 在桌上有書和筆記本。

Topic 8 助詞

よ	強調自己的意見或提醒，有叮囑對方的含義		A：彼は日本人ですね。 中➡ A：他是日本人。
			B：いいえ、台湾人ですよ。 中➡ B：不，我是台灣人。
を	動作的目的物	食べる、見る、する	りんごを食べます。 中➡ 吃蘋果。
を	離開的起點	出る、降りる	9時に家を出ました。 中➡ 9點從家裡出發。
を	在某一場所移動	通る、歩く、走る、飛ぶ、入る、渡る、曲がる、登る、行く、来る、帰	橋を渡ります。 中➡ 過橋。
			このバスはデパートの前を通ります。 中➡ 這輛巴士會經過百貨公司的前面。
			この通りをまっすぐ行きます 中➡ 順著這條馬路直走。

3.「は」和「が」

無論是「は」或「が」都是表示它的前面是一個主語。

但是何時該使用「は」呢？何時又該使用「が」呢？

舊情報	は	新情報
		想說的事
		想強調的事
花子	は	結婚します

聽話者雖然認識花子，但她要結婚這件事，是第一次聽到。

花子	は	かわいいです

聽話者雖然認識花子，但說話者想讓對方知道花子是很可愛的一個女孩。

新情報	が	舊情報
想說的事		
想強調的事		
花子	が	結婚します

雖不清楚結婚的對象是誰，但要傳達花子要結婚了。

花子	が	かわいいです

就誰是較可愛的話題而言，花子是個可愛的女孩。

Topic 8 助詞

走在路上時，發現了掉落的金錢。

譯成「あっ！お金が落ちている。」

因為發現了金錢。

「お金」是一個新的情報出現。

台灣的公車遲遲不來，終於等到來的時候，此時可以說：「バスが来た。」，因為「バス」是一個新情報。

太郎和花子在餐廳吃完飯後，太郎說：「私が払います。」這句是因為付錢的是我（太郎）而不是對方，所以用「が」來強調是自己做的事。

 ## 4.「は」的使用方法

「は」也可以說是一個「特別提出的助詞」。

從許多的選項中只特別提及一個來當主題，而就那個主題來當話題。

台灣人：「あなた、今日はきれいですね。」

（你今天很漂亮喔！）

日本人：「？？？」（？？？）

為什麼日本人聽了會感到不舒服呢？

「いつも」這個詞對台灣人而言，是指「總是、長久

的」。因此，台灣人不太會說「你總是很漂亮喔！」，但是台灣人會習慣說：「你今天看起來特別漂亮」。

　　這時，日本人應會對台灣人說：

　　「じゃあ、いつもはきれいではないの？」

　　像這樣的狀況下如果改成：「今日もきれいですね」的話，聽話者一整天都會感到很幸福喔！

　　接著，我們再來看「象は鼻が長い。」這個句子，句子中「長い」的主語（述語的主體）是指「象的鼻子」。

　　因此，也可以說成「象の鼻は長い。」

　　如果「長い」的主語（述語的主體）是「象」的話，那會是長得如何的一隻象呢？

「キリンは首が長い。」和「キリンの首が長い。」
是一樣的。

　也可以說是「象について言うと、その鼻は長い。」

　「は」的意思是「就～而言」或是「～的話」。

　可以這樣來記憶：「的話」→[de hua]→[hua]→[wa]→
「は」。

　「私は花子さんが好きです。」再來看這句。

　「好きです」的主語（述語的主體）這次換成是
「私」。奇怪？剛才是「が」的前面是主語，怎麼這次卻不同
了。

　這是因為「好きです」的動作、行為的主體是「私」，
「花子」是動作・行為的對象。

　「私は花子が好きです。」這句可以想成是「對我而
言，我是喜歡花子的」。

因為日語和英語本來就是不同的語言，其實沒有必要一直在探討日語中的「主語」是哪一個。

有一天，花子做了蛋糕送給太郎。

花子：「ケーキどうだった？」（蛋糕如何呢？）

太郎：「ケーキは食べたよ。」（我已經吃了蛋糕。）

「ケーキは食べたよ」中「食べた」的主語是「ケーキ」吧？但並非如此哦！因為做了「食べる」這個動作或行為的主體是「太郎」。

花子：「ケーキどうだった？」（蛋糕如何呢？）

太郎：「ケーキが食べたよ」（蛋糕已經吃了。）

這樣反而變成奇怪的對話方式。

太郎：「ケーキを食べたよ。」若改成這樣說法，也是感覺有點奇怪。這是為什麼呢？

對太郎而言，「你送給我的蛋糕」表示是對已知的事情而言，必須使用「は」，而在日語中常有省略主語的用法。

那麼，「（私は）花子さんが好きです。」和「（私は）花子さんは好きです。」

（　　　）內的是可以省略的部分。

「は」和「が」到底有什麼不一樣呢？

例如：當被問到「クラスの中で誰が好きですか？」的

時候，這時會回答：「（私は）花子さんが好きです。」

因為是要向聽話者傳達新的情報。

在「（私は）花子さんは好きです。」中也暗示著內容以外的事情。

例如：當被問到「花子さんと春子さんとどちらが好きですか？」回答是：「（私は）花子さんは好きだけど、春子さんは好きではありません。」文中有「（私は）春子さんは好きではありません。」的言外之意。被問的人以花子和春子來比較，而提出是比較喜歡花子的意思。

5.「が」的使用方法

何時該用「は」、何時該用「が」，這個問題對台灣人而言一直很迷惘，仍無法適應它的用法。

要克服這點，並不是在腦海裡不斷地以理論來考慮其用法，而是多聽日本人的對話方式且多和日本人交談，自然就能比較習慣它的用法了。

還有，最好要記住以下的基本句型。

①「～が好きです」「～が嫌いです」

要表現喜歡、討厭的對象時用「が」。

（私は）リンゴが好きです。

（私は）コーヒーが嫌いです。

②「〜ができます」

用於表達能力時也用「が」。

（私は）日本語ができます。

③「〜したいです」

用於表達自己的願望時也用「が」。

（私は）お酒が飲みたいです。

6.「の」

　　在筆者多年的教學經驗中我發現，即使是會說日語的人也常會說出：「美しいの人」、「昨日食べたのラーメン」像這樣奇怪的日語。

　　當日本人聽這樣的說法時，就會知道說這話的人是外國人了。因為在中文裡要修飾語／句和名詞的中間會加上「的」這個字，也因為如此，說日語時就會老是出現這樣的說法了 。

台灣人想表達的事情	台灣人會使用的日語錯誤例	日本人的表現法
美麗的人	美^{うつく}しいの人^{ひと}	美^{うつく}しい人^{ひと}
昨天吃的拉麵	昨日食^{きのう た}べたのラーメン	昨日食^{きのう た}べたラーメン

　　那麼，到底該如何使用「の」這個字呢？

　　①先理解「の」的使用原則

　　在日語中「の」最主要是使用在連接名詞和名詞。

　　所以像「美^{うつく}しい」這樣的形容詞，當它要連接名詞時就不可以使用。

　　②多練習基本的句型

　　剛開始時各位學習者也許認為必須將它翻譯出來，但如能習慣它的用法後，也就能說出較為自然的日語了。

想表達的事情	在腦海中進行的翻譯	發音
美麗的人	[美麗→うつくしい]＋[人→ひと]（い形容詞）	美^{うつく}しい人^{ひと}
美麗的人	[美麗→きれいな]＋[人→ひと]な形容詞）	きれいな人^{ひと}

昨天吃的拉麵	[昨天→きのう] 　＋　　（過去→「た形」） [吃→食べます→食べた]← 　＋ [ラーメン]	昨日(きのう)食(た)べたラーメン
明天吃的拉麵	[明天→あした] 　＋　　（未来→「る形」） [吃→食べます→食べる]← 　＋ [ラーメン]	明日(あした)食(た)べるラーメン

7.「の」的名詞化

　　「の」和動詞、形容詞搭配使用，可使動詞、形容詞變成名詞化。

　　表動作、行為、狀態的主體的助詞是在「は」、「が」前面的名詞，也就是說「は」、「が」的前面不能接動詞。

　　所以，當動詞變成名詞（動詞名詞化）時，就可以讓動作、行為、狀態來當作主語使用了。

中文	日語
美麗的是花子	「うつくしい」+「の」 +「は」/「が」+「花子です」
美麗的是花子	「きれいな」+「の」 +「は」/「が」+「花子です」
昨天吃的是拉麵	「昨日」+「食べた」+「の」 +「は」/「が」+「ラーメンです」 「の」用來表達吃的東西，所以換句話說，「昨日食べたものはラーメンです」
明天吃的是拉麵	「明日」+「食べる」+「の」 +「は」/「が」+「ラーメンです」 「の」用來表達吃的東西，所以換句話說，「明日食べるものはラーメンです」
一個人吃飯是很無聊的	「ひとりで」+「食べる」+「の」 +「は」/「が」+「つまらないです」 「の」用來表達吃的行為，所以換句話說，「ひとりで食べることはつまらないです」

8.「を」

在日語中的動詞分為「自動詞」和「他動詞」。「自動詞」是表示動作主體的動作、行為不是經由外力，而是主體自己本身產生的狀態。

例如：「雨がふる」、「花がさく」的「ふる」、「さく」是自動詞，不要以為是他動詞，所以不可以說成「雨が〜をふる」、「花が〜をさく」。

另一方面，「他動詞」則是指動作、行為必須經由外力才才能產生的結果。這時，表示動作、行為對象的助詞就要用「を」。

例如：「私はりんごを食べます」中的「食べます」是他動詞，助詞「を」的前面的對象是「りんご」。

但是動詞的前面的助詞是「を」的話，並不是表示這個動詞就一定是他動詞。

一般而言，日本的小孩對於「他動詞」和「自動詞」並沒有什麼概念，因為聽多了、說多了，自然就會知道使用它的方法。

讓我們再一次記住助詞和動詞的結合用法吧！

以下是台灣學生常犯的錯誤例子。

Topic 8 助詞

錯誤的使用法		正確的使用法	
飛行機が空で飛びます	以「飛ぶ」這個動作的場所而言，助詞使用「で」是不正確的。	飛行機が空を飛びます	因為是飛過天空，所以助詞必須使用「を」。
階段で登る	以「登る」這個動作的場所而言，助詞使用「で」是不正確的。	階段を登る	因為是通過樓梯所以要使用「を」
バスで降りる	以「降りる」這個動作的場所而言，助詞使用「で」是不正確的。	バスを降りる	因為是離開巴士，所以助詞必須使用「を」。
富士山を登る	以「登る」這個動作通過的場所而言，助詞使用「を」是不正確的。	富士山に登る	因為目的地是富士山的山頂上，所以助詞必須使用「に」。

9.「に」和「で」

「に」和「で」雖然都是用於表示場所時所使用的助詞，但還是有些不一樣。

表示存在的動詞「ある」和「いる」時，則會使用「に」。

「家<ruby>家<rt>いえ</rt></ruby>にパソコンがあります。」

「<ruby>太郎<rt>たろう</rt></ruby>さんは<ruby>家<rt>いえ</rt></ruby>にいます。」

表動作、行為的動詞時，則使用「で」。

「<ruby>公園<rt>こうえん</rt></ruby>で<ruby>遊<rt>あそ</rt></ruby>びます。」

但是「<ruby>東京<rt>とうきょう</rt></ruby>でコンサートがあります。」這句當中的「ある」是被當成表動作的動詞來使用。

因為，這時的「ある」是指「<ruby>行<rt>おこな</rt></ruby>われる」的意思。

「<ruby>明日学校<rt>あしたがっこう</rt></ruby>で<ruby>試験<rt>しけん</rt></ruby>があります。」也是一樣的狀況。

「<ruby>東京<rt>とうきょう</rt></ruby>にコンサートがあります。」和「<ruby>明日学校<rt>あしたがっこう</rt></ruby>に<ruby>試験<rt>しけん</rt></ruby>があります。」也是錯誤的使用方法。

那麼，「<ruby>公園<rt>こうえん</rt></ruby>でゴミを<ruby>捨<rt>す</rt></ruby>てます。」と「<ruby>公園<rt>こうえん</rt></ruby>にゴミを<ruby>捨<rt>す</rt></ruby>てます。」的意思，又有何不同之處呢？

以上句子雖然都一樣使用「<ruby>捨<rt>す</rt></ruby>てる」這個動作，但是表場所的助詞卻有「に」和「で」的不同。

讓我們先來看看「<ruby>明日東京<rt>あしたとうきょう</rt></ruby>に<ruby>行<rt>い</rt></ruby>きます。」的例子，表

Topic 8 助詞

示歸著點的助詞是「に」。

　　「公園にゴミを捨てます。」是「公園の方に向かってゴミを投げて捨てる。」（往公園方向丟垃圾）的意思。

　　用「で」的情況下，表示丟垃圾的人在公園裡。

　　用「に」的情況下，表示丟垃圾的人在公園外。

 # 10.「漫画を見ながら勉強する」

太郎さんは勉強しながら漫画を見ています。

花子さんは漫画を見ながら勉強しています。

以上這兩句話中，到底是哪一個人是在認真讀書呢？

正確答案是花子喔！

在日語中都是將重要的內容放在整句話的後面。

而「ながら」是表示同時進行兩種動作，雖然是表並列的行為「Aながら B」，但這裡想要說的主要動作，其實是B的內容。

　　所以，太郎最主要是在看漫畫而順便看書，而花子則是相反。花子大概是在看以漫畫編寫成的教科書，而邊做學習的動作吧！

 11.「しか」和「だけ」

太郎和花子正在登山。

由於長時間的行走，令兩人都覺得很疲憊，因為口渴而想要喝水，此時水壺裡只剩下一半的水。

兩個人同時看了看水壺——

花子說：「水が半分<ruby>だけ<rt></rt></ruby>ある」。

太郎說：「水が半分しかない」。

從以上這兩句，你可以看出哪一個人比較悲觀嗎？花子想說的是「ある」，而太郎想表達的是沒有的狀態「ない」。

「だけ」後面是肯定，「しか」後面是接否定的表現。

因此，花子的想法是「水還有一半，所以沒問題。」

而太郎想的則是「水只剩下一半，真是傷腦筋啊！」

12. 終助詞「わ」

日語的終助詞裡的「わ」，是經常會聽到。

這是用來強調自己的意見時所使用的助詞。

記不得是何時了，當我聽到台灣的女性說：「景気{けいき}がよくないですわ」，當時我感到很驚訝，她的語尾的「わ」比起「です」更令人感到⋯⋯。

從日本來到台灣出差的日本人，大多是從關西來的長者，也許是因為這樣，年輕的她也就聽慣了他們所使用的「わ」。

但是，同樣的「わ」就男性和女性而言，用法也不同。

よくないです｜わ　　　男性用語

男性用語的「わ」的聲音比較低沈。

よくないです｜わ　　　女性用語

女性用語的「わ」的聲音比較高。

同樣地，終助詞「よ」、「ね」因沒有男性、女性的區別，「よ」、「ね」的使用方法，就沒有太大的困難了。

13. 終助詞「よ」

「よ」使用於強調自己的意見時。

「昨日見た映画はとてもおもしろかったよ。」

「よ」還有促使、提醒對方注意的意思。

例如：「明日は試験だよ。」

（明天有考試哦。）

14. 終助詞「ね」、「ねえ」

「ね」使用於徵求對方同意時的用法。

「花子さんはきれいな人だね。」說這句話的同時還帶有暗示「你覺得如何呢？」和「不是這樣嗎？」的意思。

還有在對話的當中，在一句話之後加上「ね」的話，是提醒對方注意的意思。

例如：「花子さんはね、料理が上手なんだ。」

（花子啊，她很會做菜。）

語句的省略

1. 主語的省略

　在前文的章節中也有提到，有人認為日語是沒有所謂的主語。這是因為在日語裡常會省略掉主語，通常是將聽話者已經知的事情省略。

　如果既然已經知道的事情又反覆地說，是不是容易令人感到厭煩。

　雖說日語中是不需要主語的，但如果是任意地省略的話，反倒會弄不清楚是在說什麼了，這一點是需要注意的。特別是提到第三者的事情時，必須明確地指出主語。

太郎：「お昼は何を食べる？」（「食べる」是述語，
　　　而主語的「あなた」被省略了。）

花子：「牛肉ラーメンが食べたい。」（「食べたい」
　　　是述語，而主語「私」也被省略了。）

太郎：「じゃあ、北方麵食に食べに行こう。」
　　　（「行こう」是述語，主語的「私たち」被省略
　　　了。）

花子：「おいしいの？」（「おいしい」是述語，而主

語「北方麺食の牛肉ラーメン」被省略了。）

太郎：「すごくおいしいよ。」（「おいしい」是述
語，主語是「北方麺食の牛肉ラーメン」被省略
了。）

讓我們來看看以下省略主語的例句。

一到了春天，氣溫就上升了。

「暖かくなりましたね。」

就日語而言，這是屬於問候語。誰也不會說出主語的「気
温が」或「天候が」。

因此沒有主語的說法是較自然的日語。

以下的對話是因為省略了主語，而造成聽話者的誤解。

黃さん：「日本のお客に我が社の製品が初めて売れ
た。」（向日本客人第一次販售我們公司的產品
喔。）

私：「それは良かったですね。」（那太好了。）

黃さん：「台北の林さんのおかげだ。」

（多虧了台北的林先生。）

私：「そうですか。」（是這樣啊！）

黃さん：「明後日工場に来る。」（明後天來工廠）

私の心の中：うれしい！あの高級日本料理屋で食事

だ！（我心想，真令人高興啊，可以在那家高級日式料理店用餐了！）

　　黃さん：「日本のお客もいつか来てもらおう。」

　　　　（日本的客人總有一天也會來。）

　　私の心の中：何だ、工場に来るのは台湾人の林さんなのだ。（我心想：什麼嘛！要去他的工廠的人是指林先生，而不是指日本客人。）

 ## 2. 助詞的省略

在對話中，助詞「を」也常常被省略，特別是對他人的勸戒時居多。

「牡蠣を食べたら下痢をした。」

→「牡蠣食べたら下痢した。」

（吃了牡蠣，就會拉肚子了啊！）

「傘を持って行きなさい。」

→「傘持って行きなさい。」

（請帶傘去。）

「が」也常被省略。

「あなたはりんごが好きですか？」

→「あなたはりんご好きですか？」（你喜歡蘋果嗎？）

「餃子が食べたい。」

→「餃子食べたい。」（想吃水餃。）

「雨が降ってきた。」

→「雨降ってきた。」（下雨了。）

Topic 9 語句的省略

「は」也常被省略。

「夏休みはいつから始まるの？」

→「夏休み、いつから始まるの？」

（暑假從何時開始？）

「私はお酒は飲めません。」

→「私、お酒、飲めません。」（我不喝酒。）

3. 動詞的省略

某日看電視時，在一個小農園中栽種著咖啡豆的歐吉桑的身影映入了眼簾，老伯伯是以雙手謹慎地栽種著咖啡豆。

這時老伯伯說出了對大規模農場以粗糙的方式來栽種咖啡豆，說出了怨言：「ブルドーザーでグアーッと…」

「…」是歐吉桑什麼也沒說出來的省略部分，即使如此，日本人也可以理解他要表達的意思。

「ブルドーザー」是指「推土機」；而「グアーッ」是指堆土機運轉時發出來的聲音，屬於擬聲語。

「…」被省略的部分是指以粗糙的方式摘取的意思。

4. 縮短語詞

日本人喜歡創造新的詞語，也會將外來語縮短來使用。

例如：麥當勞的外來語雖然是「マクドナルド」，在關東說成「マック」；在關西則說成「マクド」。

眾所皆知的「パーソナルコンピューター」也只以「パソコン」來表示。其他如提到「デパ地下」是指「デパートの地下の食品店」的意思。

而「あけおめ」是「明けましておめでとう」的意思。

老師在教室斥責全班時，只有太郎一個人在打哈欠，這時全班上的同學會說「太郎はKYだ」，因此為時教室的氣氛是沉寂嚴肅的，而太郎卻不識相地在打哈欠。

「KY」是「空気が読めない」（Kuki ga Yomenai）（不懂看環境和別人面色，指不會隨機應變地配合當場其他人而採取行動。）

Topic 9 語句的省略

Topic 10 假定條件

　　我有個會說日語的台灣朋友，但是我發覺當她在使用假定條件時，全部都使用「なら」

私：「ドアが開かないよ。」

　　（門打不開）

彼女：「押すなら開くよ。」

　　　　（一按的話，就可以打開了）

其實，在這樣的場合下應當說成——

彼女：「押せば開くよ。」

或者是

彼女：「押したら開くよ。」

或者是

彼女：「押すと開くよ。」

在日語中，被用來表示假定條件的文型表現，有「ば」「たら」「と」「なら」，每一個的使用方法皆不同。以下分項說明之：

 1.「ば」

「ば」表示有假定條件之下的狀況使用。

條件：前面的事件和後面的事件是一般性反覆的因果關係。

「春になれば桜が咲く。」

（春天一到，櫻花就開了。）

「明日雨が降れば家にいます。」

（明天如果下雨就在家裡。）

個別條件：「お金があれば留学したい。」

（如果有錢的話想要去留學。）

但不適用在下例的情況：

X「卒業すれば放送局に就職したい。」

（畢業之後想要去上班。）

表示結果的主句中，如果有表示意志動詞的條件下，其從屬句必須是狀態動詞。

而以上的例子「お金がある」的句子中，是使用狀態動詞「ある」。

 **2.「たら」**

「たら」幾乎都是可以達成事件的條件，並不受前面的事件和後面的事件的限制。

順態假定事件

「雨が降ったらキャンプは中止です。」

（如果下雨的話，就停止露營活動。）

發現

「昨日阿里山に行ったら桜が満開だった。」

（昨天去阿里山時，開滿了櫻花。）

過去的習慣

「子供のとき公園に行ったらよくブランコに乗っていた。」

（小時候，如果去公園的話，我常玩鞦韆。）

與事實相反

「私が小鳥だったら空を飛べる。」

（我如果是隻小鳥的話，就可以飛向天空了。）

3.「と」

「と」使用在某些條件下的必然結果、確定、過去的習慣，動作先後順序。

必然

「1に2を足すと3になる。」

（1加上2等於3。）

「4月になると暖かくなります。」

（到了4月就變得暖和起來。）

確定

「窓を開けると外は雨だった。」

（打開窗戶時，外面下著雨。）

「母の顔を見ると泣き出した。」

（一看到媽媽的臉就哭了。）

Topic 10 假定條件

過去習慣

「冬になるとスキーをした。」

（一到冬天，我就會去滑雪。）

「生の牡蠣を食べるとよく下痢をした。」

（一吃到生牡蠣就會拉肚子。）

順次動作

「立ち上がると演説を始めた。」

（一站起來就開始演講。）

ドアが開くとたくさんの客が入ってきた。」

（一打開門，就湧進大量的客人。）

4.「なら」

在知道某些條件的狀態下，說話者自己做出判斷。

「林さんが参加するなら、私も参加します。」

（林小姐如果參加的話，我也參加。）

1. 動詞的種類

日語的動詞因語尾部分有變化，所以學生們學起來會覺得有些複雜。

例如：「食べる」這個動詞，有各種形式的變化「食べる、食べない、食べます、食べた」，像這樣在語尾的變化稱為「活用」。

ない形

在字典裡的「行く」、「食べる」稱為辭書形（普通體），其否定表現為「行かない」、「食べない」等，在語尾的部分以「ない」來做結束，稱為否定形。

ます形

如：「行きます」、「食べます」於語尾時，以敬體形的「ます形」做為結束的形態，稱為「ます形」。

て形

　如：「行ってください」、「食べて寝る」、「飲んで寝る」，語尾以「て」（或者以「で」）形做結束，而後面再接其他的動詞。

「る形」是記載於字典上最基本的形式稱為「辭書形」。

「行く」、「食べる」以「る形」的形態稱為現在形。

「た形」表過去式，在語尾時變化成「た」形。如：「行った」、「食べた」。

　但是若以時制來表示的話，在日語中並沒有像英語般有過去、現在、未來的分別。在日語裡只有「る形」和「た形」。

　讓我們來比較一下日語和英語吧！

日語	英語
昨日本を買った。	I bought a book yesterday.
買的時間是過去，所以使用「た形」。	買的時間是過去，則使用「過去形」。

昨日彼が来る前に私は家を出た。	I left the house yesterday before he came.
來的時間是過去，但是使用「る形」。	來的時間是過去，所以使用「る形」。
明日彼が来る。	He will come tomorrow.
來的時間是未來，但是使用「る形」。	來的時間是未來，但只使用「未來形」。
明日眼鏡をかけた人が来る。	Tomorrow a person who wears galsses will come.
戴眼鏡的時間是未來，但是使用「た形」。	現在形和未來形
さあ、退いた、退いた！	Hey, get out of my way！
命令走開，但是使用「た形」。	命令走開，所以使用「原形」。

 ば形

以「行けば」、「食べれば」的型態來表示條件。

 意向形

以「行こう」、「食べよう」等等的形態來表示意志或勸誘。

「紅葉を見に行こうよう」（我們去看楓葉吧），此話就含有意向形的意思。

 命令形

「行け」、「食べろ」等等的形式，表示說話者對聽話者的命令語氣。

 第1類動詞

又稱為五段動詞。例如：「聞く」的活用是「聞かない」、「聞きます」、「聞く」、「聞けば」、「聞こう」。

就像這樣以母音的「a、i、u、e、o」五段來做變化，稱為五段活用動詞，如「行かない」「聞かない」「書かない」的「ない形」在「ない」的前面的母音為「a」的話，屬於第1類動詞。

 第2類動詞

也可稱為一段動詞。

如「見ない」、「食べない」、「寝ない」的「ない形」，「ない」前面的母音為「i」或是「e」的話，屬於一段活用動詞（第2類動詞）。

也會有人想要一一記住動詞中的第1類動詞和第2類動詞的

Topic 11 動詞

各種動詞，但是與其如此，不如先將各動詞的「ない型」先記住才是正確而有效的捷徑。

　　如果想要先記住各動詞的「ない形」，就如同上面所描述的方法，重點是根據「ない型」的「ない」前面的「a」段、音「i」段音或是「e」段音來做分類即可，這點很重要喔！而對於後面要敘述的使役動詞的變化法，也可以多多利用這個方法。

　　在會話中，如果腦中只是一味地想著：「因為這個動詞是第1類動詞，所以就這樣變化吧！」的話，反而就無法完整的表達所想表達的事了。

第3類動詞

　　第3類動詞也可稱為不規則動詞。只有「来る」和「する」這兩個語詞而已，就將它好好記住吧！

意志動詞和無意志動詞

　　如「食べたい」和「行きたい」，如果動詞後面能放表示願望的「たい」，即是意志動詞。

　　「（雨が）降る」、「（花が）咲く」、「（川が）流れる」、「困る」之類的動詞是不可以使用意向形的動詞，後面不能接上「たい」。沒有人會說「雨が降りたい」、

「花が咲きたい」。

　　但是，「落とす」、「入る」、「する」等可以變成為無意志動詞和意志動詞。例如，「木を揺らして栗を落とす」（搖動樹木，讓栗子落下。）的話，是意志動詞。而「お金を落とした」（把錢丟了），則是無意志動詞。

　　「へやに入る」（進去房子），是意志動詞。

　　「iPodはポケットに入る」

（把iPod收在口袋裡）「入る」是無意志動詞。

　　「食事をする」（吃飯），「する」是意志動詞。

　　「頭痛がする」（頭痛），「する」是無意志動詞。

 自動詞和他動詞

　　自動詞是指語詞本身是自發性的行為及動作。例如：「起きる」、「立つ」、「歩く」、「残る」、「消える」、「降る」、「泣く」、「開く」

　　助詞「を」用來表示通過的地方。例如：「空を飛ぶ」、「道を歩く」、「家を出る」、「バスを降りる」，在此情況下若助詞為「を」的話，亦不屬於他動詞的範圍。

　　他動詞是指藉由外力或人為的動作所產生的動作。例如：「食べる」、「飲む」、「開ける」、「開ける」、「読

む」、「書く」、「見る」、「話す」

　　而「ご飯を食べる」和「子供に童話を読んであげる」等，表目的語的助詞也會有「を」和「に」。

　　如果是「ドアが開いた」（自動詞）、「会議を開いた」（他動詞）、「夏休みが終わった」（自動詞）、「説明を終わります」（他動詞），可稱為自動詞亦能稱為他動詞。

可能動詞

　　表示「可能的意思」的動詞，而可以作為可能形的動詞只有意志動詞。

　　而無意志動詞不能當可能形，所以不可以說「（雨が）降れる」、「（川が）流れられる」等。

　　第1類動詞的可能形為「行ける（ik+eru）」、「書ける（kak+eru）」、「読める（yom+eru）」，就像這樣在語尾的部分變成「eる」。

　　第2類動詞的可能形是在動詞的語幹之後加上「られる」。如「見られる」、「食べられる」、「寝られる」

　　第3類動詞只有兩個而已。

　　「する」的可能形是「できる」。

　　「来る」的可能形是「来られる」。

第1類動詞		第2類動詞		第3類動詞	
辭書形	可能形	辭書形	可能形	辭書形	可能形
行く	行ける	見る	見られる	する	できる
書く	書ける	食べる	食べられる	くる	こられる
遊ぶ	遊べる	寝る	寝られる		
帰る	帰れる				
会う	会える				
話す	話せる				

 瞬間動詞

「結婚する」、「起きる」、「開く」、「閉まる」
等等，是指瞬間就可以完成的動作動詞。

 繼續動詞

「食べる」、「走る」、「書く」等，必須花一定的時間
才能完成的動作動詞。

 狀態動詞

「ある」、「いる」表示狀態的動詞。

Topic 11 動詞

形容詞的動詞

　　「優れる」、「そびえる」、「ばかげる」等，表示狀態性質，有點類似形容詞。例如：「優れた人物」、「そびえた山」、「ばかげた話」等等。通常會將動詞變成「た形」來修飾名詞。

複合動詞

　　如「食べ切る」是「食べる」和「切る」兩個動詞組合起來的動詞。

　　表示動作的開始時可加上「～始める」、「～出す」、「～かける」。

　　表示動作的持續時，可加「～続ける」、「～通す」。

　　表動作的結束時，可加「～切る」、「～上げる」、「～終わる」。

Topic 12 語言多樣而多變

1. 隨著時間而改變

　　看日本的時代劇時，聽到了「拙者は土佐の国の武士で
ござる。」這樣的一句話，但時至今日已沒有人會以這樣的說
話方式來說話了。

　　如果把那句話翻成現代的日語，是「私は土佐の国の
武士です。」

而另一方面，現在的日本年輕人常常會說「これ、超うまくない？やばいよ。」等等的話，這句話的標準說法應為「これ、すごくおいしですね。すばらしい。」。

　　「やばい」的原意雖然是「良くない」的意思，但在年輕人之間還有其他的用法，可表示在與心理預期相反或受到打擊時使用。

　　此外，「ら抜き言葉」（除掉「ら」的語詞）也在增加中，如「見る」、「食べる」、「寝る」、「来る」的可能形，雖然是「見られる」、「食べられる」、「寝られる」、「来られる」但「見れる」、「食べれる」、「寝れる」、「来れる」般的說法也正日益增加中，尤其是在年輕人之間更是容易聽到。

　　雖然也有人會覺得那樣的說法並不是很正確，而使得日語變得有些混亂，但那也是隨著時代的變化，而產生的一種狀況。說不定「ら抜き言葉」會成為主流，教科書的內容也會隨之而改變。

　　還有，「全然」這個詞語的使用方式也在改變當中。

　　在二次戰後，根據文部省（日本教育部）所規定的教科書裡指出「全然」，只能用在否定形，例如：「全然おもしろくない」。然而，最近卻有許多人將它使用在肯定形中，如

「全然大丈夫」啦「全然かわいい」等，有人認為這樣的使用方式很奇怪，也不是正確的日語，如此下去的話，會混亂了日語的文法。

但是昭和時代的前期和大正時代時「全然＋肯定形」和「全然＋否定形」在當時也是普遍地被使用著。

因此，就像上述的狀況一樣，語言是會隨著時代而有所改變的。

2. 方言

因為工作上的關係，從東京打電話給青森縣的業者。在電話那一頭的業者說：「なんたかんたやねばまねだなして？」

而這句話的標準說法為「どうしてもやらないといけないですか？」，雖然我拜託他慢慢地再說一次，但是我還是無法理解他的意思。

如果青森縣的人和沖繩縣的人互相以各自的方言來說話的話，應該是無法溝通吧！

而大阪腔因為受到以大阪為舞台和吉本喜劇的影響，而使得了解大阪腔的人變得比較多了。

比如「しんどい」是「累了」的意思，現在在東京也很常聽到或被普遍使用。

　　但是「しんきくさい」是「焦急」的意思，這樣的語言因還沒有很融入東京當地的語言，就連NHK中的連續劇也會有用法錯誤的狀況發生。

　　此外，因「湿気臭い」的語感有點類似的「鬱悶」的意思，卻也是錯誤地被使用著。

　　而在重音部分也常常是不一樣，對於學習日語標準語的台灣人而言，當然還是要以使用的狀況來判斷及了解其意思。

單字	大阪腔	標準語
橋	は	し
	し	は
箸	し	は
	は	し
花	は	な
	な	は
紙、髮	か	み
	み	か

接下來，讓我們來再看看大阪語和標準語的不同之處。

	大阪腔	標準語
動詞的否定表現	食^たべへん	食^たべない
斷定	好^すきやねん	好^すきなのだ
理由	好^すきやさかい	好^すきだから

大阪人的個性和台中人很相似，在大阪的電車裡聽婦人們聊天亦猶如在聽相聲般地有趣，大家不妨也試著了解一下大阪腔，或許會讓學習日語變得更有趣些。

 ## 3. 語言的轉換

在大阪出生而到東京工作的人，大多不使用大阪腔反而會使用標準語。

但是，在東京和從小在大阪長大的人說話時，如果完全不使用大阪腔來交談的話，總覺得會有點疏遠的感覺。

在台灣，會用台語和國語交雜著說話的情形，也是常有的事。因此，和朋友交談時，或在家裡說話時，或在公司說話時，常會因說話的場合不同而改變自己說話的方式。

例如，在公司和上司說話時會使用敬語：

「鈴木課長、このチョコレート召し上がりますか？」

而和同事說話時則不使用敬語，而會說：

「田中君、このチョコレート食べるか？」。

即使平常說話很快的人，在面對懂日語的台灣人說話時也會變得講話比較慢，另外那些回到家裡就表現出大男人主義的先生也會對著妻子以較粗暴的口吻說：「おい、お茶。」

而較為溫柔的老公則會說：

「花子、お茶入れてくれる？」

如果老公可以更溫柔些的話，花子一定會很情願地為他倒茶吧！

妻子問老公說：「あなた、お茶飲まれますか？」這裡是使用「ます形」。

或新婚夫妻的話，大概會說：

「一郎、お茶飲む？」吧？

爸爸用命令的口吻對著小孩：

「太郎、遊んでいないでもっと勉強しろ。」

如果是媽媽的話，就會用教育式的命令法：

「太郎ちゃん、遊んでいないでもっと勉強しなさい。」

 4. 稱呼時的用語

要稱呼對方時，會因對象的不同而有不同的用語。

前面的例句中，雖然妻子稱丈夫「あなた」（你），但不常使用「あなた」，一般仍以角色的稱謂來稱呼對方。

雖然在戀人之間也會使用「あなた」來稱呼，但總覺得有點疏遠感和對彼此間的感情有些輕蔑，必須留意其用法。

Topic 12 語言多樣而多變

說話者	對方	呼叫的言詞
部下	上司	社長（しゃちょう）！、鈴木社長（すずきしゃちょう）！（職務名字）
上司	部下	鈴木（すずき）さん！、鈴木（すずき）くん！、鈴木（すずき）！（姓）
会社（かいしゃ）の同僚（どうりょう）	会社（かいしゃ）の同僚（どうりょう）	鈴木（すずき）さん！（姓）
先生（せんせい）	生徒（せいと）	鈴木（すずき）さん！、鈴木（すずき）くん！、鈴木（すずき）！（姓）
生徒（せいと）	先生（せんせい）	先生（せんせい）！鈴木先生（すずきせんせい）！（職務名字）
学校（がっこう）の後輩（こうはい）	学校（がっこう）の先輩（せんぱい）	鈴木（すずき）さん！（姓）
学校（がっこう）の先輩（せんぱい）	学校（がっこう）の後輩（こうはい）	鈴木（すずき）くん！、鈴木（すずき）！（姓）
学校（がっこう）の友達（ともだち）	学校（がっこう）の友達（ともだち）	鈴木（すずき）さん！、鈴木（すずき）くん！、鈴木（すずき）！（姓）
父（ちち）、母（はは）	子供（こども）	太郎（たろう）！太郎（たろう）ちゃん！（名字）
子供（こども）	父（ちち）、母（はは）	お父（とう）さん！、お父（とう）ちゃん！、お母（かあ）さん！、お母（かあ）ちゃん！（職務名字）
店員（てんいん）	客（きゃく）	お客様（きゃくさま）！
客（きゃく）	店員（てんいん）	すみません！

 5. 因性別的不同，詞語上的用法 也會有差別

男性語言

男性和女性的詞語用法不同。

男性稱自己時為「おれ」。

稱父親為「おやじ」。

稱母親為「おふくろ」。

在強調時，助詞使用「ぞ」例如：「さあ、行くぞ」

而「ぜ」雖然不太使用，但也會使用，如「遅刻しちゃうぜ」。

這些是屬於非正式的言語，不適用於正式的場合。

女性語言

女性稱自己為「あたし」，如果是從戀人那裡得到禮物時的終助詞使用「わ」，例如：「うれしいわ。」

被戀人拋棄時，會以終助詞「の」對著朋友訴苦，例如：「悲しいの」

在日本，女性比起男性而言，比較會使用標準語來說話。但是，近年來特別是年輕的高中女生和朋友聊天時，稱呼自己

「おれ」，聽到這樣的話旁人會感到很驚訝，感覺現代的女性好像有漸漸變強的趨勢。

オネエ言葉（女性化語言）

即使身為男性，但是男性同性戀者或「ニューハーフ」（男扮女裝者）會使用較為女性化的語言。

例如：美川憲一（個性有點像女生的男歌手）也常常會說「おだまり！」（住嘴！），這也是屬於オネエ言葉。

「うふふ……
あたしって、きれい？」

「なう。」

　　現在在日本也出現了非常奇怪的日語。

　　你知道「アキバなう。」的意思嗎？

　　意思是指「今、秋葉（秋葉原）にいる。」

　　原來「なう」是指英語「now」的意思

　　歐美人士使用的「now」是表現自己現在的情況，目前這個表現法在日本也正流行著。

　　但是，日本年輕人沒有使用英語的原說法，亦沒有使用片假名，卻將它變成了平假名，為何會如此呢？

　　片假名「ナウ」（now）的說法在昭和時代雖然也有「ナウい」的形容詞。

　　但「イマい」已是一個不被使用的語言了，但到了平成時代又變成了動詞「なう」而被使用著，而且為了能夠顯示出新鮮感，所以刻意以平假名來書寫。

　　如果是「チャーハンなう。」的意思就是指「今、チャーハンを食べている。」（正在吃炒飯呢）。

　　等流行潮一過或許這個「なう。」很快就會消失了吧！

　　此外，現在也是有一些已經成為一般化而長久地被使用著的語言是「名詞＋る。」

就讓我們來看看一些例子吧！

名詞＋る	意思	中文
メモる	メモを取る	作筆記
事故る	事故を起こす	引起事故
サボる	怠ける	惰怠
ネゴる	交渉する	談判
江川る	野球選手の江川のように狡猾なことをする	像棒球選手江川一樣地做狡猾的事

由以上看來，日語真是一種可塑性極高的語言！

形容詞

日語的形容詞分為「い形容詞」和「な形容詞」。

形容詞是描述事物的性質和狀態，如：「大<small>おお</small>きい、美<small>うつく</small>しい、静<small>しず</small>か、きれい」

可以活用在修飾名詞或文章的述語，也可以用來修飾動詞。

い形容詞

可以接在名詞之後，用來修飾名詞，如：「大<small>おお</small>きい子<small>こ</small>供<small>ども</small>」，放在名詞的前面是以「い」為結尾的形容詞，稱為「い形容詞」。

な形容詞

「きれいな花<small>はな</small>」，接在名詞的前面是以「な」為結尾的形容詞，稱為「な形容詞」。

該如何分辨形容詞呢？以下是容易搞錯的例句：

單字	日語例	中文	品詞
大^{おお}きい	大^{おお}きい家^{いえ}	很大的家	い形容詞
大^{おお}きな	大^{おお}きな家^{いえ}	很大的家	不是な形容詞，是連體詞，只接名詞
小^{ちい}さい	小^{ちい}さい家^{いえ}	很小的家	い形容詞
小^{ちい}さな	小^{ちい}さな家^{いえ}	很小的家	不是な形容詞，是連體詞，只接名詞
近^{ちか}い	近^{ちか}くの駅^{えき}	附近的車站	要修飾名詞時，「い形容詞」去掉い成為く+の+名詞的型態。
遠^{とお}い	遠^{とお}くの駅^{えき}	很遠的車站	
多^{おお}い	多^{おお}くの人^{ひと}	很多人	
柔^{やわ}らかい	このパンは柔^{やわ}らかい	這個麵包很軟	有い形容詞和な形容詞。
	このパンは柔^{やわ}らかだ	這個麵包很軟	
	柔^{やわ}らかいパン	軟的麵包	
	柔^{やわ}らかなパン	軟的麵包	

單字	日語例	中文	品詞
平和	平和な世界	和平的世界	接上「な」，成為な形容詞
	平和を愛する	愛和平	名詞
健康	健康な人	健康的人	な形容詞
	健康を祝う	祝健康	名詞
病気	病気の人	病人	「病気な人」是錯誤的用法
ソフト	ソフトなパン	軟的麵包	使用於外來語時，可加上「な」而成為「な形容詞」的型態。
嬉しい	私はうれしい	我高興	不是動詞，是い形容詞
喜ぶ	彼がよろこぶ	他高興	動詞
好き	映画が好きだ	喜歡電影	不是動詞，是な形容詞
好む	映画を好む	喜歡電影	動詞

Topic 13 形容詞

複合語

　　大家應該都有聽過「コスプレ」這個語詞吧！

　　這個「コスプレ」是由コスチューム（costume）和「プレ
イ」（play）兩個單字組成一個複合語——「コスプレ」。

　　意思是指穿著類似漫畫卡通裡登場的角色所穿的衣服，變
裝成角色的樣子。類似這樣由兩個以上的單字組合成的語詞，
就稱為複合語。

複合語因為實在是太多了，所以無需全部記住，只要能聽出日本人是在指何種事情就可以了。

那麼，複合語有哪些型式呢？讓我們來看看吧！

1. 由複合語組成的名詞

構成	例	中文
名詞＋名詞	山里、草木	山里 山中草木
形容詞語幹＋名詞	うれし涙、浅瀬	高興的眼淚 淺灘
從「ます形動詞」刪去「ます」＋名詞	食べ物、落ち葉	食物 落葉
從「ます形動詞」刪去「ます」＋名詞	雨降り、船酔い	下雨 暈船
形容詞＋從「ます形動詞」刪去「ます」	安売り、大食い	大減價 大胃王
從「ます形動詞」刪去「ます」＋從「ます形動詞」刪去「ます」	泣き笑い、読み書き、飲み食い	又哭又笑 讀書寫字 飲食

| 名詞＋形容詞語幹 | 円高、夜長 | 日幣升值
漫漫長夜 |
| 形容詞語幹＋形容詞語幹 | 遠浅 | 平淺 |

　　而其中的「泣き笑い」、「読み書き」、「飲み食い」，不可以說成「笑い泣き」、「書き読み」、「食い飲」。

2. 由複合語組成的動詞

構成	例子	中文
從「ます形動詞」刪去「ます」＋動詞	食べ歩く 探し回る	邊走邊吃、 來回找尋
名詞＋動詞	旅立つ 旅行する	旅程、 旅行
形容詞＋動詞	近寄る 遠のく	靠近、 離開

　　而其中的「食べ歩く」、「探し回る」，不可以說「歩き食べる」、「回り探す」。

3. 由複合語組成的形容詞

構成	例子	中文
名詞＋形容詞語幹	名高い 手広い	有名氣、 出手大方
從「ます形動詞」刪去「ます」＋形容詞	寝苦しい 歩きにくい	無法入眠、 寸步難行
形容詞語幹＋形容詞	細長い 軽々しい	細長的、 輕巧的

4. 由複合語形成的助詞

　　由於這樣的助詞非常多，請參考相關的參考用書好好地學習吧！

　　以下只列出幾個為代表：

例	例句
「に」＋ 「たいして」	ご質問に対してお答えします。 回答你的問題。
「に」＋ 「ついて」	彼について私は何も知りません。 關於他，我什麼都不清楚。
「に」＋ 「とって」	私にとって音楽は生き甲斐です。 對我來說，音樂是人生的意義。
うえ＋「に」	ｉＰｏｄは小さい上に便利だ。 iPod是很小而且很方便。
うえ＋「で」	よく調べた上でｉＰｏｄを買います。 好好調查之後，我買iPod。
	ｉＰｏｄを買う上でよく調べた。 為了買iPod，我好好地調查了一下。
うえ＋「は」	ｉＰｏｄを買った上はよく使おう。 既然我買到iPod，我會好好地使用。

助動詞

1. 助動詞的種類

　　日語中的「助動詞」，其功能主要是接在動詞和形容詞之後，表示各種意思和判斷結果。

　　常用的助動詞有下列幾種，筆者整理成表格來說明。

助動詞	意思	例句	中文
ます	叮嚀	ラーメンを食べます。	吃拉麵。
た	過去	昨日ラーメンを食べた。	昨天吃了拉麵。
	完了	ラーメンを全部食べた。	拉麵全部吃完了。
たい	願望	ラーメンが食べたい。	想吃拉麵。

助動詞	意思	例句	中文
れる・られる	可能	無料_{むりょう}でラーメンが食_たべられる。	可以免費吃拉麵。
	受身	弟_{おとうと}にラーメンを食_たべられた。	被弟弟吃了拉麵。
	尊敬	課長_{かちょう}がラーメンを食_たべられた。	課長吃了拉麵。
せる・させる	使役	子供_{こども}にラーメンを食_たべさせた。	讓小孩吃了拉麵。
ようだ・そうだ・らしい・みたいだ	伝聞	明日_{あした}雨_{あめ}が降_ふるそうだ。	聽說明天會下雨。
	推量	雨_{あめ}がふりそうだ。	好像快要下雨了。
	比況	花子_{はなこ}は天使_{てんし}のようだ。	花子像天使一樣。
う・よう、まい	意向	紅葉_{こうよう}を見_みに行_いこう。	讓我們去看楓葉吧。

2. 表達願望的表現

たい

「たい」、「たがる」兩個都是願望的表現法。

「ラーメンが食べたい」這個句子中，「食べたい」是動詞的連用形的（從「ます形」刪去「ます」）＋「たい」的用法。

「ラーメンが食べたい」中若動詞是他動詞的話，表目的的助詞用「が」是較為自然的用法。

如果使用「を」的話，變成「ラーメンを食べたい」也可以。

基本上願望的主語應當是說話者本身。

「私はラーメンが食べたい」雖然也可以，但是「あなたはラーメンが食べたい」或「彼はラーメンが食べたい」是較奇怪的表現法，也就是說「たい」不能用於第二、第三人稱的願望。

但是如果是說話者在聽到第二者、第三者的願望，表達詢問或推測其狀況時，才可以使用「たい」。

「あなたはラーメンが食べたいですか？」

（你想吃拉麵嗎？）

Topic 15 助動詞

「彼はラーメンが食べたいだろう。」

（他想吃拉麵吧！）

至於活用的部分為

「食べたくない。」（表否定）

「食べたかった。」（表過去）

「食べたい。」

「食べたいラーメン」（修飾名詞）

基本上其變化和「い形容詞」的活用變化一樣。

たがる

「彼はラーメンを食べたがる」是以動詞的連用形（從「ます形」刪去「ます」）＋「たがる」的形式、因為是表示第三者的願望，基本上是不可以使用在說話者自己本身的願望的表現上。

在這種情況下，表目的的助詞不可以使用「が」而必須使用「を」。

而在有條件的狀況下使用「たがる」的話，可以表示說話者的願望。例如——

「私が北海道に行きたがっても、花子は寒いからいやだと言います。」

（雖然我想去北海道，花子說那邊很冷不要去）

其活用的部分如下：

「食べたがらない。」、「食べたがった。」、「食べたがる。」、「食べたがるラーメン」。基本上「たがる」的活用變化和「第1類動詞」的變化一樣。

3. 可能‧受身‧尊敬的話尾變化是相同的

　　由前面的圖表可以了解，可能形和受身形和尊敬形都是使用「食べられる」。

　　就第2類動詞而言，要表示可能、受身、尊敬的意思，皆可使用「れる、られる」。

　　可能、受身、尊敬是原來沒有明確地表示動作主的意志，而是從機能所產生出來的詞語，所以形狀都是一樣，如：「れる、られる」，比如「無料でラーメンが食べられる」這句話是表示和吃食物的人的意志完全無關，只是因為拉麵是免費的所以才去吃。

　　「弟にラーメンを食べられた」也是，用來表示弟弟已吃了的一個動作表現法，而與我的意志無關。

　　而「課長がラーメンを食べられた」本來的動作主是課長的一種委婉的表示尊敬的用法，所以使用受身表現猶如「拉麵被吃」的用法。

　　所以，如果形式一樣的話，那該如何區別其意思呢？

　　請看看下表之不同之處。

	例句	動作主	受到具體的行為和動作的東西
可能	お客は無料でラーメンが食べられる。 中▶ 客人可以免費吃拉麵。	「お客」接上「は」	「ラーメン」接上「が」
受身	私は弟にラーメンを食べられた。 中▶ 我被弟弟吃了拉麵。	「弟」接上「に」	「私」接上「は」
尊敬	課長がラーメンを食べられた。 中▶ 課長吃拉麵。	尊敬的對象是「課長」接上「は」或者「が」	「ラーメン」接上「を」

4. 受身（被動）

　　表示受到人或物或其他外來的動作、作用時的用法，重點是放在動作的對象，而非說話者。例如：「弟が友達に殴られた。」──

　　動作「殴る」、動作者「友達」、動作的對象「弟」

Topic 15 助動詞

比起主動時態的「先生が弟を叱った。」，被動時態「弟が先生に叱られた。」的話，更能顯示出對弟弟的關心。

活用的方法和前面所提到的可能形一樣。

動詞雖然有自動詞和他動詞之分，但是沒有目的語的自動詞卻有受身的意思表示，這是日語的特徵。

直接受身

如果受動文有直接對應的能動文的話，稱為直接受身，如受身文「弟が先生に叱られた。」而能動文是「先生（動作主）が弟（目的語）を叱った（他動詞）。」。

表感情和感覺的他動詞的狀況，如「尊敬する」、「愛する」要表示是行為者的話，助詞用「に」或是「から」，而「作る」、「建てる」等屬創造性的動詞的狀況下則使用「によって」。

「太郎はみんなから愛されています。」
（太郎受到大家的喜愛）
「『坊っちゃん』は夏目漱石によって書かれました。」
（『坊っちゃん』是由夏目漱石所寫的書。）

間接受身（困惑的受身、被害的受身）

「雨が降った。」（下雨了），只是單純地述說現象。

「雨に降られた。」的話，是受身表現。

「雨が降られた。」除了這件事外，也有暗示說話者「困った」（傷腦筋）、「嫌だ」（討厭）等情感上的表現。

而能動文「雨が降った。」中雖然沒有「私は」，而受動文中「(私は) 雨に降られた。」，同受到動作「降る」的影響時，說話者「私」會突然出現。

以上所描述的狀況中「降る」為自動詞，但亦可為他動詞。

在我小時候，我很喜歡花子。

小時候的太郎因為常搗蛋作怪，所以我討厭太郎。

沒想到花子卻和太郎結婚了。在那時大家都非常能了解我的心情。

在這樣的狀況下我說了以下這些話：

「(私は) 太郎に花子と結婚された。」

「(私は) 太郎に花子と結婚されてしまった。」

要表現出可惜、惋惜的心情，以「～てしまう」的句型來表示是更正確的。

持有者的受身

　　在能動文中「誰_{だれ}かが私_{わたし}の足_{あし}を踏_ふんだ。」（有人踩了我的腳。）

　　如果是受身文的話「（私_{わたし}は）誰_{だれ}かに足_{あし}を踏_ふまれた。」（我被人踩了我的腳。）

　　還有在能動文中「スリが財布_{さいふ}を盗_{ぬす}んだ。」（小偷偷了錢包。）

　　如果是受身文的話「（私は）スリに財布を盗まれた。」（我被小偷偷走了錢包。）

　　這樣的話，日本人聽到時會覺得你很可憐，因為受到影響的人是「私」的部分，對於人體部分的「足」和持有者的「財布」有受到影響。

5. 使役

「花子は太郎に指輪を買わせた。」

（花子使太郎買了戒指。）

表對方的動作行為和目的，是被強制地要求時的表現法。

　　在以上的例子中，主語是花子，對象是太郎，而買戒指這個動作是指太郎。

太郎が　　指輪を　買った。（太郎買了戒指）

花子は　　太郎に　指輪を　買わせた。

（花子使太郎買了戒指。）

 使役助詞

在有他動詞的句子中，表目的語助詞是「を」，所以動作主的助詞用「に」。「先生は生徒に本を読ませる。」（老師讓學生讀書。）

在有自動詞的句子中，動作主的助詞可以使用「を」，也可使用「に」。

「先生は生徒を立たせました。」

（老師讓學生站起來）

「先生は生徒に立たせました。」

（老師讓學生站起來）

在上面的例句中，動作主雖然是指人，但是「事物」的助詞，只可使用「を」。

「花を咲かせました。」（使花開花）

 使役受身形

太郎不是一個有錢人，太郎在花子的面前顯得比較軟弱，所以對花子的話言聽計從。也因此──

「太郎は花子に指輪を買わせられた。」

（太郎讓花子買了戒指。）

真是可憐的太郎啊。

「買わす」是使役表現形。

「られた」是加上受身的表現形。

透過使役表現形表示出動作主的行為是強烈地被要求。

透過困擾受身形，可以表現出說話者是因為此事而感到困惑、不耐煩。

 使役可能形

在某個大家庭裡，正看著電視的媽媽說：「私は子供達に不平を言わせられる所を作ってあげている。」

孩子們向母親抱怨了許多不公平的事，媽媽雖然感到很困擾，但堅強的母親是以後面的想法來看待這件事。

這個「言わせられる」不是使役受身形而是使役可能形。

使役可能形的表現法，就日本人聽起來，也會覺得是一種較為複雜的表現，在這種情況下，應當說：「私は子供達に不平を言わすことができる所を作ってあげている」是比較恰當的。

如要更簡單一點的說法：「私は子供達が不平を言うことができる所を作ってあげている。」，像這樣不要使用使役形是較好的表現方法。

6. 傳聞、推測

そうだ

> 傳聞

這是說話者想要表達聽到或是從報章雜誌獲得的情報時的表現法。情報的出處以「～によると」、「～によれば」、「～では」來表現。

天気予報によると、明日は雪が降るそうです。

（根據氣象的報導，明天好像會下雪。）

新聞によれば、猛暑のため野菜が高騰しているそうです。

（據報紙報導，因酷暑的關係，菜價好像變貴了。）

父の話では、20年前ここは畑だったそうです。

（根據父親的說法，20年前這裡是農田。）

様子

說話者想要表達看到的樣子和印象。

彼女(かのじょ)は疲(つか)れて眠(ねむ)たそうだ。

（她因為很疲倦，看起來想睡覺的樣子。）

太郎(たろう)は今日(きょう)も忙(いそが)しそうだ。（太郎今天好像很忙。）

このパソコンは良(よ)さそうだ。

（這個電腦看起來好像不錯的樣子。）

之前的樣子

會依看到的樣子來判斷可能發生的狀況。

雲(くも)が多(おお)くなってきて雨(あめ)が降(ふ)りそうだ。

（雲量變多了，可能會下起雨。）

危(あぶ)ない！崖(がけ)が崩(くず)れそうだ。

（危險！山崖好像快要崩裂了。）

上着(うわぎ)のボタンが取(と)れそうだ。

（上衣的釦子好像快要掉下來的樣子。）

推量

　說話者想表示判斷、推量、預測時的用法。若要表現否定時，以「そうもない」來表示。

　このケーキはおいしそうだ。

（這個蛋糕好像很好吃。）

　こんな難むつかしい問題もんだいはできそうもない。

（我好像不會解決這樣困難的問題。）

　彼かれが辞やめたので仕事しごとが忙いそがしくなりそうだ。

（因為他辭職了，所以工作好像變得較忙碌了。）

 らしい

　說話者從看到和聽到的事情，在當時做出判斷的表現。不是憑直覺去判斷，而是從有根據的立場，客觀地來推測時，常常會使用這個用法。

　花子さんは指輪をつけている。どうも結婚したらしい。（花子小姐有戴著戒指，好像已經結婚了。）

　明子さんが最近私に冷たい。どうも彼女にボーイフレンドができたらしい。

　（明子小姐最近對我很冷淡，她好像有了男朋友。）

あのラーメン屋_やはいつも客_{きゃく}が多_{おお}い。

よっぽどおいしいらしい。

（那家拉麵店的客人總是很多，應該是很好吃的樣子。）

典型

要表現出原事物的典型性質時的用法。

花子_{はなこ}さんはとても女_{おんな}らしい。

（花子小姐非常有女性的樣子／女人味。）

お金_{かね}がなくて、食事_{しょくじ}らしい食事_{しょくじ}はとっていない。

（因為沒有錢，就連像樣的一頓飯也沒有。）

紅葉が美しく、やっと秋らしくなってきました。

（楓葉很美，看起來終於較像秋天了。）

 ようだ

推量

是以自己的感覺和觀察來推測的推量表現，但也盡量避免淪為主觀肯定的斷定的用法。

あのレストランは客が誰も入っていない。どうもおいしくないようだ。

（那家餐廳都沒有客人，可能是菜不好吃吧。）

喉が痛い。風邪をひいたようだ。

（喉嚨有點痛，可能是感冒了。）

彼は知らないと言ってますが、彼の様子から判断するとどうも隠しているようだ。

（他雖然說他不知道，但是從他的樣子來看，似乎是有隱瞞著什麼。）

比況

要表示樣子和狀況類似某樣東西時的用法。

花子は可愛くて天使のようだ。

（花子像天使般地可愛。）

彼は疲れていたので、死んだように寝た。

（他因為很累，睡得像死人般。）

今日は蒸し暑くてサウナに入ってるようだ。

（今天的悶熱，好像是在洗三溫暖一樣。）

 みたいだ

推量

　　表示是由自己的感覺和觀察來推測，也避免主觀的判斷時的用法。

　　一般而言，文言文和正式的白話文會使用「ようだ」，要展現平易近人的口語會使用「みたいだ」。

　　あのレストランは客が誰も入っていない。どうもおいしくないみたいだ。

（那家餐廳都沒有客人，可能是不好吃的樣子。）

彼はあまり勉強していなかったので、今年も不合格みたいだ。

（他因為沒有很認真地讀書，今年應當也會不及格。）

お腹が痛い。食べ過ぎたみたいだ。

（肚子痛，好像是吃太多了。）

比況

要表示樣子和狀況類似某樣東西時的用法。

花子（はなこ）は可愛（かわい）くて天使（てんし）みたいだ。

（花子像天使般地可愛。）

見（み）てみて、ママ。あの雲（くも）、羊（ひつじ）さんみたいだよ。

（你看看‧媽媽。那個雲彩好像綿羊一樣。）

彼（かれ）は話（はな）し方（かた）がロボットみたいだ。

（他的說話方式好像機器人一樣。）

 接續的形式

「そうだ」、「らしい」、「ようだ」、「みたいだ」的
接續表現法如下頁整理的表格。

請看以下的短文你可以判斷出這4個例句的意思是不太相同
的嗎？

・このケーキはおいしそうだ。

・このケーキはおいしいそうだ。

・雨（あめ）が降（ふ）りそうだ。

・雨（あめ）が降（ふ）るそうだ。

Topic 15 助動詞

139

	そうだ	らしい	ようだ	みたいだ
推量	動詞ます形刪去「ます」＋「そうだ」	な形容詞＋「らしい」	な形容詞＋「な」＋「ようだ」	な形容詞＋「みたいだ」
	把い形容詞的「い」刪去＋「そうだ」	名詞＋「らしい」	名詞＋「の」＋「ようだ」	名詞＋「みたいだ」
之前的樣子	動詞ます形刪去「ます」＋「そうだ」			
樣子	把い形容詞的「い」刪去＋「そうだ」			
傳聞	普通形＋「そうだ」			
典型		名詞＋「らしい」		

		そうだ	らしい	ようだ	みたいだ
比況・比喩・例示				名詞 ＋「の」 ＋「ようだ」 除了名詞以外，也有其他的語詞。	名詞 ＋「みたいだ」 除了名詞以，也有其他的語詞。

以上的例句的中文意思如下：

・このケーキはおいしそうだ。

（這個蛋糕看起來很好吃。）

・このケーキはおいしいそうだ。

（聽說這個蛋糕很好吃。）

・雨が降りそうだ。

（快要下雨。）

・雨が降るそうだ。

（聽說要下雨。）

「て形」用於接續數個動作時的表現法。例如：「花子と
会って、食事をした。」（和花子見面後，去吃飯。）

動詞的「て形」因為有活用又比較繁雜，而且加上有許多
含義，對於日語學習者而言是件苦差事。

1.「て形」的變化

第1類動詞

要記住第1類動詞的「て形」通常是學習者覺得較困難與
麻煩的。以下就借用「小星星」的旋律來幫助記憶。

きぎいて いちりって みびんで しして

這個歌詞「きぎいていちりって、みびんで、しし
て」沒有什麼特別的意思，是用來幫助記憶的咒文。

做法&說明	例子
ます形	て形→いて
「ます形」的「ます」前的假名是「き」「ぎ」的動詞	從「ます形」刪去「ます」+「いて」
歩きます	あるいて
泳ぎます	およいで
書きます	かいて
ます形	て形→って
「ます形」的「ます」前的假名是「い」「ち」「り」的動詞	從「ます形」刪去「ます」+「って」
会います	あって
立ちます	たって
取ります	とって
ます形	て形→んで
「ます形」的「ます」前的假名「み」「び」的動詞	從「ます形」刪去「ます」+「んで」
飲みます	のんで
遊びます	あそんで
読みます	よんで

	ます形	て形→して
し	「ます形」的「ます」前的假名是「し」的動詞	從「ます形」刪去「ます」+「して
	話します	はなして
	写します	うつして
	押します	おして

　　對於初學者在剛學習階段不知該如何做て形的變化時，這是較有效的學習方法，用這樣的記憶法雖然是較有趣的，但實際應用於會話時，這樣的方法是較不適用的。

　　日本人花子和台灣人阿建正在公園散步。當花子說了：「喉が渇いた。」（口渴）時，阿建在腦中想著「果汁」＋「買」＋「喝」，如果用日語來表達的話該如何說呢，於是就唱出了「小星星」旋律的歌曲，花子一定會覺得他真是個奇怪的人。

　　「買う」
　　↓
　　是第1類動詞。
　　↓
　　「ます形」是「買います」。
　　↓

「ます」的前面是「い」。

↓

試著唱「きぎいて、いちりって、みびんで、しして」的歌吧。

↓

因為「ます」的前面有「い」，所以語幹「か」加上「って」，就成了「かって」。

↓

終於完成了：

「ジュースを」＋「買って」＋「飲みましょう」

↓

「ジュースを買って飲みましょう！」

當阿建講出這句話時，花子早已不見蹤影了。

「買う、買います、買って」

「行く、行きます、行って」

為了可以將動詞的「て形」在馬上需要時脫口而出，大家可以每天看「第二十三章的日語必學句型370句」好好地練習並背起來吧！

 第2類動詞

第2類動詞的「て形」變化方式很簡單。

就是將「ます形」的「ます」刪去後，在語幹後加上「て」即可。

「食べます」→「たべて」

「見ます」→「みて」

「寝ます」→「ねて」

 第3類動詞（不規則動詞）

因為只有兩個，所以就牢牢記起來吧！

「来る」→「来て」　注意漢字的讀法不太一樣。

「する」→して

第1類動詞的「着る」也是唸「着て」，不要弄混了。

2.「て形」的使用方法

「～て」

動作的順序：

「渋谷に行って、買い物をした。」

（去涉谷買東西。）

動作的並行：

「電車に乗って本を読む。」（搭電車時看書。）

手段・方法：

「コンピューターを使って、複雑な計算をする。」

（使用電腦做複雜的計算。）

Topic 16 て形

原因・理由：

「人命を救って表彰された。」

（表揚了救人一命的人。）

 「〜ている」

動作的持續：

「今、テレビをみている。」（現在正在看電視。）

結果的狀態：「窓が開いている。」（窗戶正開著。）

習慣・反覆的動作：

「毎朝ラジオ体操をしている。」

（每天做收音機體操。）

所在地：

「横浜に住んでいる。」（住在橫濱。）

所屬・職業：

「新聞社に勤めている。」（在新聞社工作。）

所有・知識：

「車を持っている。」（有車子）

「彼女を知っている。」（認識她）

「你認識花子小姐嗎？」要說：

「花子さんを知っていますか。」

不能說：「花子さんを知りますか。」。

但是，「我不認識花子」的話，要說：

「知りません。」

不能說：「知っていません。」

外觀・性質：

「彼はやせている。」（他很瘦。）

經歷・記錄：

「前にも事故を起こしている。」（之前也曾發生過事
故。）

「〜てある」

「設置動詞」＋「ある」的形式。所謂的「設置動詞」
是指「置く」（放）、「入れる」（放入）、「書く」
（寫）、「貼る」（貼）、「載せる」（載）、「掛ける」
（掛）、「並べる」（排列）、「立てる」（站立）……等
因行為而產生的結果的他動詞。

・窓が開いている　　・窓が開けてある　　・窓を開けておく

「設置動詞」＋「ある」表示結果的狀態，也暗示動作主。

「窓が開いている。」雖然只是單純表示狀況，但是下例的句子也有暗示是有人為了某目的而打開窗戶。

「窓が開けてある。」（有打開窗戶。）

「花子の家はきれいですよ。窓に花が飾ってありました。」（花子的家很漂亮哦，窗戶上有裝飾著花朵。）

「パン屋に行ったけど本日休業と書いてありました。」

（我去了麵包店，但卻看到寫著「今天公休」的牌子。）

 「〜ておく」

表示狀態因產生變化後而維持在一定的樣子；有時也可應用於持續到某個時間點的動作或事先的預備動作的表現法。

「暑いので窓を開けておく。」

（因為很熱，先將窗戶打開。）

「明日試験なので勉強をしておく。」

（明天因為有考試，先好好讀書。）

「旅行のために貯金しておく。」

（為了能去旅行，而先將錢存起來。

「～てしまう」

表動作完了或因做了某個動作而產生令人感到遺憾或可惜的結果。

完了：

「餃子を全部食べてしまった。」

（餃子全部被吃完了。）

可惜：

「遅刻してしまった。」（遲到了）

「～てくる」

形容狀態有了些微變化；或者持續到某一個時間點的動作持續，或是說話者在心理上覺得是漸漸接近的事情的表現法。

「桜が咲いてきた。」（櫻花開始開花了。）

「薬を飲んだので、風邪が治ってきた。」

（因為吃了藥，感冒漸漸地好轉。）

「太郎がこちらに走ってきた。」

（太郎朝這邊跑過來。）

從家裡出發去上班或上學的時候，日本人習慣會說「行ってきます」。直譯成中文是「去之後回來」，感覺上會覺得怪怪的，但此用法是在以回來家裡的前提下才會使用。

「～ていく」

表示某事有了些許變化直到消失的過程，或從某個時間點開始的一種動作的持續，說話者在心理上的感覺是將漸行漸遠的一種表現法。

「桜の花が散っていった。」
（櫻花漸漸地凋謝了。）
「台風が去って行った。」
（颱風已漸漸地遠去了。）
「今後も勉強を続けていきます。」
（從今以後，也要好好地讀書。）

Topic 17 授受表現

表示東西的給予與接受的授受表現時所使用的動詞有：
「あげる」、「もらう」、「くれる」。

 1. あげる

說話者（主語）將東西給予人時的授受表現法用「あげる」，使用的注意點如下：

- 給予東西的人是「私」（我）或者是在心理上感覺和「私」（我）較有親近感的人。
- 當接受者為「私」（我）或在心理上感覺是和我有親近感的人，則不適用。
- 第三者給第三者的授受表現也可使用。

「あげる」＝中文的「給」，雖然「あげる」有給予的意思，但是如果在日語中的給予都使用「あげる」的話，就會成為會令日本人聽了覺得奇怪的用語了。以下以表格說明之：

「あげる」的例句	
1	私は花子さんにプレゼントをあげました。 我送給花子禮物。	
2	母は花子さんに化粧品をあげました。 媽媽送給花子化妝品。	
3	花子さんは明子さんにプレゼントをあげました。 花子給明子禮物。	

「あげる」的錯誤使用法	校正
花子さんは私にプレゼントをあげました。	花子さんは私にプレゼントをくれました。

4

解說：接受者是說話者（私），不可以用「あげる」。

中譯：花子送給我禮物。

「あげる」的錯誤使用法	校正
花子さんは母に化粧品をあげました。	花子さんは母に化粧品をくれました。

5

解說：因為「母」和「我」心理上很親近，所以不可使用「あげる」。

中譯：花子送給母親化妝品。

Topic 17 授受表現

2. もらう

接受東西的人是說話者（主語）時用「もらう」，使用的注意點如下：

- 接受東西的人是說話者自己「私」（我）或者是心理感覺上是和「私」（我）較有親近感的人。
- 第三者給第三者的授受表現法亦可使用。

這裡的「もらう」＝中文的「得到」，但是如果想表示「得到」都使用「もらう」的話，也會形成奇怪的用語了。

雖然表示給予的助詞可以是「に」也可以是「から」，但如果給予者不是人的話，而是社會、學校、團體時，就必須使用「から」。

「もらう」的例句	
1	（私は）花子さんにプレゼントをもらいました。 中譯 我從花子那裡得到禮物。	

2	母^{はは}は花子^{はなこ}さんに化粧品^{けしょうひん}をもらいました。 **中譯** 母親從花子那裡得到化妝品。	
3	（私^{わたし}は）会社^{かいしゃ}からボーナスをもらいました。 **中譯** 我從公司那裡得到年終獎金。	
4	花子^{はなこ}さんは明子^{あきこ}さんにプレゼントをもらいました。 **中譯** 花子從明子那裡得到禮物。	

「もらう」的錯誤使用法	校正
花子さんは私にプレゼントをもらいました。	（私は）花子さんにプレゼントをあげました。

5

解說：收到東西的人如果不是「我」，或者不是和「我」有親近的關係的人則不適用。

中譯：我給花子禮物。

「もらう」的錯誤使用法	校正
花子さんは母に化粧品をもらいました。	母は花子さんに化粧品をあげました。

6

解說：收到東西的人如果不是「我」，或者不是和「我」有親近的關係的人則不適用。

中譯：母親送給花子化妝品。

「もらう」的錯誤使用法	校正
（私は）会社にボーナスをもらいました。 	（私は）会社からボーナスをもらいました。 

解說：給予者是「会社」（公司）的話，「に」，則不適用。

中譯：我從公司那裡得到年終獎金。

3. くれる

「くれる」用於給予東西的人是說話者（主語），而得到的人是「私」（我）的表現法。其使用上的注意點如下：

- 得到東西的人是「私」（我）或者是感覺和我有親近感的人。

- 雖然也可以表示從第三者給予第三者的狀況，但使用的條件限制必須是接受者要與「私」（我）的關係上較親

近的人。（例3中假設春子是我的妹妹）

	「**くれる**」的例句	
1	花子さんは私にプレゼントをくれました。 **中譯** 花子送給我禮物。	
2	花子さんは母に化粧品をくれました。 **中譯** 花子送（我）媽媽化妝品。	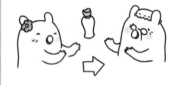
3	花子さんは春子にプレゼントをくれました。 **中譯** 花子送給春子禮物。	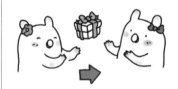

「くれる」的錯誤使用法	校正
わたし はな こ 私は花子さんにプレゼントをくれました。	わたし はな こ 私は花子さんにプレゼントをもらいました。

解說：收到東西的人 如果不是「我」，或者不是和「我」有親近的關係的人，則不適用。

中譯：我從花子那裡得到禮物。

「くれる」的錯誤使用法	校正
はは はな こ けしょうひん 母は花子さんに化粧品をくれました。	はは はな こ けしょうひん 母は花子さんに化粧品をあげました。

解說：收到東西的人如果不是「我」，或者不是和「我」有親近的關係的人，則不適用。

中譯：媽媽送給花子的化妝品。

Topic 17 授受表現

161

「くれる」的錯誤使用法	校正
花子さんは明子さんにプレゼントをくれました。 	花子さんは明子さんにプレゼントをあげました。 

解說：收到東西的人如果不是「我」，或者不是和「我」有親近的關係的人，則不適用。

中譯：花子送給明子禮物。

4. 其他的授受動詞

　　日語中的「あげる」、「もらう」、「くれる」其語意上帶有恩惠而接受的意思。因此如果「台風が町に損害をあげた。」這句，其語意不可能含有恩惠授受的意思。若是這樣使用的話，就成了較奇怪的日語。

　　「やる」是用於對對方有點瞧不起且較粗俗的表達方法。

　　但最近對於自己的寵物或喜愛的東西，也會以「花に水を

あげる」、「犬にえさをあげる」等來表達，成為一種較為敬體的表現法。

如果使用在各種事物上領受的對象為動植物的話，則給予者的授予動詞可以使用「あげる」。其他授受動詞的使用方法整理成下表：

Track04

授受 動詞	使用方法	
与える	可使用在多種情況下。 領取或接受的對方是動植物的情況，而給予的對象是地位比較高時，則用法和「あげる」是相同的。 在領取上雖然沒有利益，但當授受時也可使用。	
	例句	1. 子供におもちゃを与える。 （給小孩玩具。） 2. 台風が町に損害を与えた。 （颱風造成城鎮的損失。）
授ける	給予者是屬於上位者時，其使用法同「あげる」一樣。	
	例句	勲章を授ける。（授予勳章。） 神が子供を授ける。（神明賜予小孩。）

		覺得可憐時的情況下使用，其用法同「あげる」。
惠む	例句	貧乏な人に衣服を惠む。 （給貧窮的人衣服。） 自然が豊かな水を惠む。 （大自然給予了豐沛的水源。）
やる		領受者是動植物的情況下使用，用法同「あげる」。
	例句	子供に小遣いをやる。（給小孩零用錢。） 花に水をやる。（給花澆水。）
差し上げる		接受者是在上位的人時使用，其用法和「あげる」一樣的。
	例句	社長にコーヒーを差し上げる。 （送給老闆咖啡。） 父の誕生日にプレゼントを差し上げた。 （在父親生日時送上禮物。）
くださる		給予者是在上位者的情況下使用，其用法同「くれる」。
	例句	先生が手紙を下さった。（老師寫信給我。） 社長がお褒めの言葉をくださった。 （老闆誇獎我。）

		給予者是在上位者的情況下使用，用法同「もら う」。
いただ く	例 句	社長に許可をいただく。 （得到老闆的許可。） 食事をいただく。（獲得食物。）

 ## 5.「て形」+授受動詞

前文已針對日語中的「あげる」、「もらう」、「くれる」含有恩惠意思的授受表現做了說明，但「りんごをあげる」、「りんごをもらう」、「りんごをくれる」等不僅是「水果」這類物品可使用而已，「行為」亦可使用「あげる」、「もらう」、「くれる」。

使用「あげる」、「もらう」、「くれる」可將「行為」的「效果」・「恩惠」做授受行為。

例如：「花子に歌ってあげる」的狀況是把「歌う」這個「行為」的「效果」・「恩惠」給了花子。其中文翻譯為：因為我的歌聲而使得花子感到高興。

如果要表示接受的對象是誰時，可使用「動詞て形」後，

加上「あげる」、「もらう」、「くれる」。

　　讓我們來看看以「もの（物品）」和「行為」來做對比的文型。

私<small>わたし</small>は	花子<small>はなこ</small>に	りんご	を	あげる/もらう
		行為	＋て	
花子<small>はなこ</small>は	私<small>わたし</small>に	りんご	を	くれる
		行為	＋て	
花子<small>はなこ</small>は	明子<small>あきこ</small>に	りんご	を	あげる/もらう
		行為	＋て	

6. てあげる

要表示對對方所展現出來的行為時的表現法。使用注意點
下：

- 做親切行為的人是「私」（我），或者比起接受此行為
  的人感覺上是和我較為親近的人。
- 不可使用在工作上本來就應有的行為。（如例4）
- 也不可使用在對象是在上位者。（如例5）
- 要表示受益者（接受恩惠的對象）的助詞並不是一定只
  有「に」，須注意會因動詞的不同而有不一樣的用法。

	「てあげる」的例句	中文
1	（私は）子供に童話を読んであげる。	為孩子們唸童話故事。
2	（私は）花子に服を買ってあげる。	買了衣服給花子。
3	（私は）太郎に英語を教えてあげる。	教太郎英語。

		「てあげる」的錯誤使用法	
4	X	課長に売上げを報告してあげる。	不使用在工作上本來就應有的行為。
	○	課長に売上げを報告する。 向課長報告業績。	
5	X	社長、お茶を入れてあげます。	對上位者，不可使用。
	○	社長、お茶を入れて差し上げます。 為老闆泡茶。	
6	X	子供に遊んであげる。	格助詞視動詞而變。
	○	子供と遊んであげる。 陪小孩一起玩。	
7	X	母に助けてあげる。	格助詞視動詞而變。
	○	母を助けてあげる。 幫媽媽的忙。	

| 8 | X | 父に靴を磨いてあげる。 | 因某人做了某動作而使對方受益時，用「～てあげる」來表示；而要表示受惠者的所有物時，則用「～の」。 |
| | ○ | 父の靴を磨いてあげる。
為爸爸擦鞋子。 | |

7. てもらう

「てもらう」是指我方接受了對方親切行為時的表達方式。

　　接受行為的人是「私」（我），或者比起做這個親切行為的人，我自己覺得對方是和我較為親近的人。（例4）

　　要表示因某人為我做了某些動作而感到受惠時，在動詞之後加上「くれる」。（例5）

	「てもらう」的例句	中文
1	（私は）巡査に道を教えてもらう。	我請警察指引方向。
2	（私は）母に弁当を作ってもらう。	我請媽媽做便當。
3	（私は）花子にショパンの曲をを弾いてもらう。	我請花子彈蕭邦的曲子。

「てもらう」的錯誤使用法

4	X	花子さんは私に指輪を買ってもらった。	接受行為的人是「私」(我)，或者比起做這個親切行為的人，我自己覺得對方是和我較為親近的人。
	○	私は花子さんに指輪を買ってあげた。 我買了戒指給花子。	
5	X	日本語を教えてもらってありがとう。	要表示因某人為我做了做了某些動作而感到受惠時，在動詞之後加上「くれる」。
	○	日本語を教えてくれてありがとう。 謝謝你教我日語。	

Topic 17 授受表現

8. てくれる

　「私」（我）以及跟「私」（我）較親近關係的人，因為
對方為我方所做的行為，而令我感到高興及感動時的表現法。

　表示受益者的助詞以「～に」來表示。

　但是，如果是因對方的行為而感到困擾的話則要使用受身
形。（如例5）

「てくれる」的例句	中文
1	花子さんは（私に）コーヒーを買ってくれました。	花子買了咖啡給我。
2	太郎は（私の）パソコンを直してくれました。	太郎幫我修好了電腦。
3	林さんが（私に）お金を貸してくれました。	林小姐借了錢給我。

「てくれる」的錯誤使用法		
X	（私は）花子さんに手伝ってくれました。	受益者是「私」,不是「花子さん」。
4	○	受益者是「私」的話 （私は）花子さんに手伝ってもらいました。 我得到花子的幫忙。
	○	受益者是「花子さん」的話 （私は）花子さんを手伝ってあげました。 我幫花子的忙。

| 5 | X | 泥棒がお金を盗んでくれました。 | 如果是感到困擾的話則要使用受身形。 |
| | ○ | 泥棒にお金を盗まれた。
小偷偷了錢。 | |

 9. 主語對象的省略

　　某天，我和花子在銀座某家販售戒指的店裡，花子對我說：「明子さんが指輪を買ってくれました。」

　　我聽了以為是明子付錢買了戒指送給花子。

　　但是花子如果說了以下的話時，又是怎樣的狀況呢？

　　「明子さんが買いました。」

　　再這樣的情況下，也有可能明子是買戒指給自己。

　　就像這樣「てくれる」時，說話者「私」（我）或者對於和自己較有親近感的人，因對方的行為感到高興和感動時表現法，所以，即使沒有說出「明子さんが私のために」，日本人亦可以理解是誰受到恩惠。同樣地，使用了「てあげる」、「てもらう」的行為的結果下，亦可以判斷出到底是誰給誰恩惠的狀態。

10. 使役的授受

　　使役動詞「させる」是指讓誰做某事。也可以表示因為接受這樣的使役行為而感到高興及感動。

　　北方麵食で私はおいしい牛肉ラーメンを食べさせてもらった。（在北方麵食，讓我嚐到了好吃的牛肉麵。）

　　讓我們來分析一下這句話。

　　吃的人是我，而讓我吃的是北方麵食。

　　我一直想吃牛肉麵。

　　↓

　　北方麵食可以讓我吃。也就是得到許可。

　　↓

　　那樣的許可的恩惠，是北方麵食給我的。

　　↓

　　令我感到很高興。

　　真是非常迂迴曲折的表現法。依據這樣的委婉表現法，對北方麵食，可表現出自己的謙讓的態度。

Topic 17 授受表現

　　敬語是說話者對聽話者或話題中的人物表示敬意的表現方法。敬語有尊敬語、謙讓語I、謙讓語 II（鄭重語）、叮嚀語、美化語。

　　近來，雖然日本的年輕人常被認為不太會說敬語，即使是這樣，只要學會使用某種程度上的敬語，就會在不知不覺中使用敬語了。

　　有一天，有個剛學日語不久的學生來找我聊天。

　　在這裡要說明的是，當時我的身分是老師，而他是學生。

　　台灣學生當時對我說：「あなた、何を食べるか。（你要吃什麼？）」

　　聽到這樣的話，我感到有些驚訝，而且有點不高興。

　　這位學生使用的文法雖然沒有錯，但因為它後面使用的是動詞的原型動詞，身為日本人的我就會有股不悅的感覺湧上心頭。

　　心想：真是個不懂事的傢伙啊！

　　如果他能以下列的說法來表達的話，我聽了就會覺得是自

然的說法而不是沒有禮貌的人。

「先生、何を食べますか。」

只是將辭書形的原形「食べる」改為「ます形」的「食べます」而已 。為什麼日本人聽起來就會覺得好多了呢？

如果不知道「食べる」的尊敬表現法是「食べられる」或「召し上がる」」的話，在對話中只需改為「ます形」即可。如果能使用「ます形」來和對方交談的話，就不會讓對方覺得不敬而感到不悅了。是不是很簡單呢？

將「あなた」改為職務的稱呼「先生」是較恰當的，「あなた」不適合使用於對上位者說話的情況。

中文的「你」在日語中的確是以「あなた」來表示，但是在日語中指對方時，會因場合的不同而有不同的用語。

小孩子會稱呼媽媽為「お母ちゃん」、「ママ」等，但絕不會直稱「あなた」。

如果公司的職員直接稱呼社長「あなた」的話，也許馬上就會被解僱也說不定。

所以，「あなた」這個語詞在使用上的確有些難度。

當小孩長大時，如果是用「あなた」稱呼母親的話，大概是在指責母親吧！

但是，如果是女友稱呼男友「あなた～」時，應該以嬌嗲的聲音在呼叫他吧！

當然，如果那個台灣的學生喊我「あなた」時，我總是會

Topic 18 敬語

冷靜地笑顏以對，並告訴他必須稱呼我為「先生」及使用「ます形」。

1. 尊敬語
（「いらっしゃる・おっしゃる」型）

「尊敬語」在提到有關於地位在自己之上的上位者的行為、狀態時，說話者為了表示對他的敬意所使用的表現法。

　　課長、いつ東京に行かれますか。

　　（課長，您何時到東京？）

　　這句是使用「行く」的尊敬語「行かれる」，是說話者的「私」對「課長」表示敬意的表現法。

　　課長：社長は明日大阪に行かれる。

　　（社長明天去大阪。）

　　以上這句是使用「行く」的尊敬語「行かれる」，是說話者「課長」對「社長」表示敬意的表現法。

　　還有，如果是使用「行かれます」的話會更好，但這裡的狀況是課長對部下說話，所以只要用「行かれる」就可以了。

行為（動詞、動作性的名詞）等的尊敬語

　　（a）「お」+ 從「ます形」去掉「ます」後 +「になる」

舉例如下：

辭書形	ます形	刪去「ます」	尊敬語
飲む	のみます	のみ	おのみになる
使う	つかいます	つかい	おつかいになる
食_たべる	たべます	たべ	おたべになる

　　「見る」、「いる」、「着る」的「ます形」分別是「みます」、「います」、「きます」。像是這一類的動詞，如果去掉「ます」後成了一個音節，如「み」、「い」、「き」的話，就不適用於使用這個方法，必須使用其他的變化法，如接下來的（b）和（c）。

　　（b）動詞語尾變化成「れる」、「られる」

　　第1類動詞的話，是從「ない形」去掉「ない」後加上「れる」

辭書形	ない形	刪去「ない」	尊敬語
飲む	のまない	のま	のまれる
歩く	あるかない	あるか	あるかれる
使う	つかわない	つかわ	つかわれる

　　第2類動詞的話，是從「ない形」去掉「ない」後，加上「られる」

辭書形	ない形	刪去「ない」	尊敬語
起きる	おきない	おき	おきられる
食べる	たべない	たべ	たべられる
見る	みない	み	みられる

第3類動詞，則是例外的用法，請記住以下的用法。

辭書形	ない形	刪去「ない」	尊敬語
する	しない	し	される
来る	こない	こ	こられる

（c）不規則動詞

請記住下表的用法：

辭書形	尊敬語	尊敬語（更禮貌）
行く	いらっしゃる	いらっしゃいます
来る		
いる		
言う	おっしゃる	おっしゃいます
見る	ご覧になる	ご覧になります
着る	お召しになる	お召しになります
死ぬ	お亡くなりになる	お亡くなりになります

くれる	くださる	くださいます
食^たべる	召^めし上^あがる	召^めし上^あがります
飲^のむ		
知^しっている	ご存^{ぞん}じだ	ご存^{ぞん}じです
する	なさる	なさいます

 動作性的名詞

如果是表示動作的名詞，其尊敬語是在動詞的前面加上「お」或者是「御^ご」。

例如：「お休^{やす}み」的辭書形是「休^{やす}む」，變成ます形之後去掉「ます」後成名詞，在語頭的部分加上「お」。

例如

お休^{やす}み	お休^{やす}みになる	お休^{やす}みなさる	お休^{やす}みです	お休^{やす}みくださる
お導^{みちび}き	お導^{みちび}きになる	お導^{みちび}きなさる	お導^{みちび}きです	お導^{みちび}きくださる
ご出席^{しゅっせき}	ご出席^{しゅっせき}になる	ご出席^{しゅっせき}なさる	ご出席^{しゅっせき}です	ご出席^{しゅっせき}くださる

ご説明	ご説明になる	ご説明なさる	ご説明です	ご説明くださる
ご利用	ご利用になる	ご利用なさる	ご利用です	ご利用くださる

 事物等等（名詞）的尊敬語

在名詞的前面加上「お」或是「ご」，例子如下：

加上「お」	お時間、お電話、お名前、お宅、お仕事、お部屋、お食事、お留守、お手紙
加上「ご」	ご住所、ご両親、ご兄弟、ご家族、ご研究、

原則上，「お」是接在和語漢字之前，「御」則是接在漢語之前。

除了上表所述之外，但也有例外的部分，請將它好好記起來吧！

普通	更禮貌
こっち	こちら
そっち	そちら
あっち	あちら
どっち	どちら
誰	どちら、どなた

<ruby>会社<rt>かいしゃ</rt></ruby>	<ruby>貴社<rt>きしゃ</rt></ruby>
<ruby>手紙<rt>てがみ</rt></ruby>	<ruby>貴信<rt>きしん</rt></ruby>

 狀態（形容詞等等）的尊敬語

形容詞中也有加上「お」、「ご」而成為尊敬語的情形。

加上「お」	お<ruby>忙<rt>いそが</rt></ruby>しい、お<ruby>元気<rt>げんき</rt></ruby>、お<ruby>暇<rt>ひま</rt></ruby>、お<ruby>寂<rt>さび</rt></ruby>しい、お<ruby>早<rt>はや</rt></ruby>い、お<ruby>好<rt>す</rt></ruby>き、お<ruby>嫌<rt>きら</rt></ruby>い
加上「ご」	ご<ruby>立派<rt>りっぱ</rt></ruby>、ご<ruby>多忙<rt>たぼう</rt></ruby>、ご<ruby>心配<rt>しんぱい</rt></ruby>、ご<ruby>不満<rt>ふまん</rt></ruby>、ご<ruby>満足<rt>まんぞく</rt></ruby>

 2. 謙讓語 I
（「<ruby>伺<rt>うかが</rt></ruby>う・<ruby>申<rt>もう</rt></ruby>し<ruby>上<rt>あ</rt></ruby>げる」型）

「謙讓語」是為了表示對上位者的敬意，當提到說話者本身及說話者所屬的團體的行為、狀態及所有一切時，都抱持著謙遜的態度的一種表現法。

　　<ruby>課長<rt>かちょう</rt></ruby>：<ruby>社長<rt>しゃちょう</rt></ruby>、<ruby>私<rt>わたし</rt></ruby>がカバンをお<ruby>持<rt>も</rt></ruby>ちします。

（社長，讓我來為您拿手提包。）

「持<ruby>も</ruby>つ」的謙讓形是「お持<ruby>も</ruby>ちします」。

說話者是「課長<ruby>かちょう</ruby>」，為了降低自己的身分，而來提高聽話者「社長<ruby>しゃちょう</ruby>」的地位來表達敬意。

社長、私がカバンをお持ちします。

動詞的謙讓語 I

（a）「お」＋從「ます形」去掉「ます」＋「する」

若是漢語動詞「〜する」的話，用「ご」＋漢語動詞

加上「お」	お持ちする、お訪ねする、お教えする、お読みする
加上「ご」	ご案内する、ご訪問する、ご説明する、ご連絡する

（b）不規則動詞

為了方便參考，在此將尊敬語及謙讓語一起列出來。

辞書形	尊敬語	謙讓語 I	謙讓語 II
行く		参る、伺う	参る
来る	いらっしゃる		
いる		―	おる
言う	おっしゃる	申す、申し上げる	申す
見る	ご覧になる	拝見する	―
借りる	―	拝借する	―
くれる	くださる	―	―
あげる	くださる	さしあげる	
もらう	―	いただく	

食べる 飲む	召し上がる	いただく	―
知って いる	ご存じだ	存じている	存じている
する	なさる	いたす	いたす

名詞的謙讓語

| 加上「お」 | （先生への）お手紙、（先生への）お礼 |
| 加上「ご」 | （先生への）ご説明、（先生への）ご連絡 |

3. 謙讓語Ⅱ（鄭重語）
（「参る・申す」型）

雖然是以謙讓語來表現，卻沒有謙讓的意思，而是聽起來帶有更鄭重的表現法。

「明日から東京へ参ります。」和「明日から東京へ行きます。」表達的是相同的內容，但「行く」以謙讓語的

「参る」來代替使用，對於自己的行為或說話、內容，使用一本正經的表達方式，這就是鄭重的表現法。

謙讓語Ⅰ是刻意的，為提高對方的身分、地位時的表現法。

謙讓語Ⅱ不論是否想提升對方的身分、地位都可使用。

		自然的表現	不自然的表現
謙讓語Ⅰ	伺う	先生のところに伺います。	弟のところに伺います。
			因為對方是「弟」，是晚輩，不用提升他的身分。
	参る	先生のところに参ります。	
	對方是「先生」，所以要提升他的身分。		
謙讓語Ⅱ	参る	先生のところに参ります。	
		弟のところに参ります。	
	表達對聽話者的敬意。		

4. 叮嚀語（「です・ます」型）

使用叮嚀語是為了表示對聽話者的敬意時的用語。

請見以下範例：

	叮嚀語表現
今日は日曜日だ。	今日は日曜日です。
	解說→ 「です」：對聽話者禮貌的表現
明日行く。	明日行きます。
	解說→ ます形「行きます」：對聽話者表示禮貌的表現。
先生のところに行った。	先生のところに伺いました。
	解說→ 「伺う」：對老師的尊敬語。 「伺いました」：對聽話者表示禮貌的表現。

以上雖然已針對尊敬語、謙讓語做了解釋及說明其用法，但是因為有點難度，所以即使不太會使用也無傷大雅。

如果可以將叮嚀語充分地使用在對話中的話，就無須擔心自己說出的話會對對方不禮貌的情況發生了。

　　因此多少記住一些尊敬語、謙讓語是有益處的，不過最重要的是要會使用「です型」、「ます型」。

5. 美化語 （「お酒・お料理」型）

　　「美化語」是為了顯示高級且優美的語詞的表現法。

　　例：

加上「お」	お茶、お菓子、お酒、お寿司、お店、お手洗い
加上「ご」	ご飯、ご祝儀

委婉表現

　　我剛來台灣時，只會說一些些的中文而已。

　　當我聽到台灣人說「要不要」或者「好不好」時，原來是很清楚、明白地表示「Yes」或「No」，是斷定且直接的說法。

　　當然在中文裡也有類似「你人很好，我不想破壞朋友關係。」這樣委婉的拒絕方式。現在想想！我真像個傻瓜，當我聽到這樣的話時還信以為真，而感到雀悅不已呢！

　　缺錢時，應該沒有人會以命令的口吻對朋友說：

　　「1万円、貸せ。」

　　至少會說：

　　「1万円貸してください。」

　　當有事要請託於人時，如以較長的語詞說：

　　「本当に申し訳ないのですが、1万円お借りできないでしょうか。」

　　用這樣的語句表達的話，朋友應該會比較想借錢給你吧！

　　就像這樣，避免過於直接的表達方式，而是以較委婉或帶有敬意的表達，能使雙方的溝通更圓滿。

 1. 否定的疑問表現法

否定的疑問表現法比肯定的表現法，讓人聽起來較容易令人接受。

肯定的疑問表現	否定的疑問表現
いっしょに行きたいですか。 中➡ 想要一起去嗎？	いっしょに行きませんか。 中➡ 要不要一起去呢？

肯定的疑問表現	否定的疑問表現
コーヒー飲みますか。 中→ 喝咖啡嗎？	コーヒー飲みませんか。 中→ 要不要喝咖啡呢？

2. 避免直接的表現而以較迂迴的方式來表達

直接表現	間接表現
静かにしてください。 中→ 請安靜。	赤ん坊が寝ていますので…。 中→ 因為嬰兒正在睡覺…。
（顔の色が）黒いですね。 中→ 臉的皮膚很黑	健康的ですね。 中→ 很健康哦！。
太っていますね。 中→ 肥胖。	ふくよかですね。 中→ 豐滿。
行けません。 中→ 不能去。	先約があるのです。 中→ 因為和別人有約。
愛していません。 中→ 沒有愛意。	友達でいたい。 中→ 只想當朋友。

Topic 19 委婉表現

直接表現	間接表現
<ruby>彼<rt>かれ</rt></ruby>は<ruby>田舎者<rt>いなかもの</rt></ruby>だ。 中▶ 他是個鄉巴佬。	<ruby>彼<rt>かれ</rt></ruby>は<ruby>素朴<rt>そぼく</rt></ruby>な人だ。 中▶ 他是個樸素的人。
<ruby>嫌<rt>いや</rt></ruby>です。 中▶ 討厭。	ちょっと…。 有點……
<ruby>便所<rt>べんじょ</rt></ruby> 中▶ 廁所	トイレ 以外來語表示，避免給人不潔印象。
	<ruby>化粧室<rt>けしょうしつ</rt></ruby> <ruby>お手洗<rt>てあら</rt></ruby>い 不直接表示出不潔淨的物品。

 3. 避免明確的斷定，而以較廣大的範圍來表現。

　　這個用法是不只是對聽話者述說單一事件而已，同時也有暗示著其他事情的柔軟表現法；不直接說出重要的事情，而是以相關語言來表達，因為如果只說單一事件時，對方或許會產生抗拒感。

明確的表現	廣泛的表現
ジュースとビールを飲みました。 中→ 喝了果汁和啤酒。	ジュースを飲んだりしました。 中→ 也有喝了果汁。
花子と太郎に会いました。 中→ 花子和太郎見過面了。	太郎とかに会いました。 中→ 也有見到了太郎。
怠けていないで、勉強しなさい。 中→ 不要偷懶，好好念書。	怠けていないで、勉強とかしなさい。 中→ 不可偷懶，多少也請讀點讀書。
1万円貸してください。 中→ 借我一萬元。	1万円ほど貸してください。 中→ 可以借一萬元左右給我嗎？
	1万円ばかり貸してください。 中→ 可以借一萬元左右給我嗎？
太郎は社会人なのだから社会人らしくしなさい。 中→ 太郎已出社會了，所以請像大人一點。	太郎も社会人なのだから社会人らしくしなさい。 中→ 因為太郎也已出社會了，所以應該要像大人一點喔！

Topic 19 委婉表現

明確的表現	廣泛的表現
喉が渇いた。ビールを飲みましょうか。 中→ 口渴了，喝個啤酒吧！	喉が渇いた。ビールでも飲みましょうか。 中→ 口渴了，讓我們來喝個啤酒之類的東西吧！

 4. 其他的委婉法表現

明確的表現	委婉的表現
花子と結婚することにしました。 中→ 和花子結婚了。 （自己的意志）	花子と結婚することになりました。 中→ 我和花子結婚的事已成定局了。（並沒有明確的表現出是自己的意志）
ここでタバコを吸ってはいけないですよ。 中→ 這裡不准抽菸。	ここでタバコを吸ってはいけないようですよ。 中→ 這裡好像不可以抽菸喔！。（並沒有明確表現出是自己的意志）

明確的表現	委婉的表現
私、臭豆腐は好きじゃないです。 中➡ 我不喜歡臭豆腐。	私、臭豆腐は好きじゃないかも。 中➡ 我好像不太喜歡臭豆腐耶！
	私、臭豆腐は好きじゃない…みたいな。 中➡ 我好像不太喜歡臭豆腐耶！（這是年輕人的用語，並沒有非常地斷定，只是有那樣的感覺。）
お待たせしました。コーヒーお持ちしました。 中➡ 咖啡送來了。	お待たせしました。コーヒーの方お持ちしました。 中➡ 讓您久等了，咖啡為您送來了。（餐廳的服務員的說詞）

Topic 19 委婉表現

5. 如果太過委婉的話，就無法達到溝通的目的了

　　如果請京都的女性喝茶時，她說了：「おおきにい」（ありがとう）的話，這時不要感到高興，因為這是表示拒絕的意思。「おおきにい」真正的含意是「非常感謝您的邀請，但卻不方便。」是一種不想傷害對方的委婉表現法，卻反而可能招致對方的誤解。

　　日本人還常使用幾乎一樣的回答，但卻容易令人誤解，請看以下的例子。

A：お茶飲みますか。 B：結構です。（不用）	A：お茶飲みますか。 B：結構ですね。（謝謝，我喝）
A：今晩食事に行きませんか。 B：いいです。（不去）	A：今晩食事に行きませんか。 B：いいですね。（很好，去吧）
A：ご飯のお代わりいかかがですか。 B：大丈夫です。（不用）這個是最近的年輕人的用語，非常不恰當。	A：ここ、席空いてますか。 B：大丈夫です。（沒有人坐的意思）這個也是年輕人的用語，一般人聽不懂，也不恰當。

專欄 **4**

お豆さん

　　敬語是一種美化語，是在名詞的前面加上「お」如：「お茶」、「お酒」。

　　但是大阪人甚至也會在「豆」的前面加上「お」，而「豆」並不是人，卻也會在後面加上「さん」而成了「お豆さん」。

　　另外，也可以常常聽到如：「お芋さん」、「おかゆさん」（稀飯）。較極端的如「へっついさん」。就連「かまど」（灶）也會加上「さん」。

　　據說神會住在「森羅萬象」的地方，這或許是由日本人的心境而來的。

　　「ごはん」因為是每天都要吃的關係，所以為了要表達對它的敬意以及親近感，所以會加上「ご」。沒有任何一個人會把「ご」去掉，而只說「はん」而已。

　　大家不妨也多多使用下頁圖表的美化語和日本人交談，這樣會讓聽的對方感到窩心及滿心喜悅喔！

超美化語	中文
お豆さん	豆
お芋さん	薯
おかゆさん（おかいさん）	稀飯
おいなりさん	豆皮壽司
へっついさん	灶
飴ちゃん	糖果
お猿さん	猴子
お馬さん	馬
お人形さん	娃娃
お地蔵さん	地藏
おてんとさん	太陽
おつきさん	月亮
おほしさん	星星
おはようさん	早安
おこた	被爐

Topic 20 日語和中文意思不同的單字

這是筆者第一次去台北夜市時發生的事情了。

以前聞到臭豆腐的味道時，會感到很驚訝。

在攤販中看到了招牌寫著『下水湯』時，更是吃驚。

這個到底是什麼啊？！

問了同行的友人才知道原來是指動物的內臟的湯。

聽到了是這樣的一種湯，就變得不想去嘗試了。

日語的『下水』是指『污水』的意思。

為了不讓各位讀者對聽到及看到的日語感到訝異，在這裡列舉了一些日語和中文不同意思的單字，因為數量繁多，無法全部列出，但請慢慢地記住一些吧！

中文	讀法	日語的意思
丈夫	じょうぶ	結實
結實	けつじつ	植物結實
大丈夫	だいじょうぶ	不要緊
先生	せんせい	老師
邪魔	じゃま	打擾
湯	ゆ	熱水，浴池
結束	けっそく	團結
工夫	くふう	設法
勉強	べんきょう	學習
階段	かいだん	樓梯
地道	じみち	踏實
迷惑	めいわく	麻煩
合同	ごうどう	聯合
結構	けっこう	很好，足夠
深刻	しんこく	嚴肅，嚴重
作法	さほう	禮法
	さくふう	作品的風格
小人	こびと	侏儒
	しょうにん	小孩
豬	いのしし	山豬
激安	げきやす	特別便宜
熱情	ねつじょう	熱烈的感情（沒有親切的意思）

中文	讀法	日語的意思
快樂	かいらく	有一點肉體關係的快樂
浮氣	うわき	男人外遇
不倫	ふりん	婚外情
皮肉	ひにく	諷刺
清楚	せいそ	清秀
殘念	ざんねん	可惜
無料	むりょう	免費
注文	ちゅうもん	點菜
試着	しちゃく	試穿
一泊	いっぱく	一晚
切符	きっぷ	車票
切手	きって	郵票
小切手	こぎって	支票
手形	てがた	票據
氣球	ききゅう	熱氣球
風船	ふうせん	氣球
泥棒	どろぼう	小偷
万引	まんびき	順手牽羊

PS. 本書附錄也列出這一類的單字，以供讀者參考。

難懂的台灣人的想法

　　雖然可以說得一口流利的語言，但如果因為不了解禮儀知識及文化背景，還是有可能達不到溝通的目的。

　　我剛來到台灣不久的時候，在我住的公寓對面有一間和風拉麵店。那家店的老闆娘每天都會拿水果、餅乾或者是沙拉之類的東西給我。

　　我因為薪水微薄，即使想要買些東西回送給她，也無能為力。雖然如此，我每天還是都會收到她給我的東西。此外，她的同鄉友人來探訪她，她也會邀請我和她們一起去吃燒肉。

　　在日本夏天的中元節、年末的歲暮、聖誕節等節日時，無論是要去何處拜訪，日本人都會帶著「手土産」（隨手攜帶的禮物），收禮者也會想送些東西以作為回禮，但是，在台灣好像有些不太一樣。

　　就像和風拉麵店的老闆娘，都是她單方送東西給我而已。我還曾經懷疑這位老闆娘是不是對我有不良的企圖。

　　對了，在台灣的端午節有吃「ちまき」（粽子）的習俗，但到了這個時期，對我而言卻猶如地獄般。因為有許多的人都

會送給我粽子，所以我只好每天吃粽子。當我快吃完的時候，又收到一大箱的粽子，我又沒有大冰箱可以冰，正當我感到傷腦筋時，突然想到附近的便利商店有大型的冰箱，因此我去拜託他們讓我存放粽子，後來我去卡拉OK唱歌時，我就帶著這些粽子去和大家分享。

還有一次有個學生對我說：「老師，你氣色看起來很差喔。」因此買了許多新東陽的保健食品給我，當我要付錢給她

的時候，她卻一溜煙地跑掉了。真是奇怪啊！對於她為什麼要送我這些，我當下也覺得非常不可思議。

有一次，我看到了一本名為「助人為快樂之本」的童話書上的一段話時，才恍然大悟。「他並沒有給我錢。老實告訴你吧！我幫助那位老人，從早上到現在，我的心裡一直很快樂，這就是我得到的代價呀！」

原來和風拉麵店的老闆娘會因為給我東西而內心有股幸福的感覺。從那之後，我也很樂意收到她送我橘子或是芭樂等等的東西。

台灣人真的是非常地親切。

有一次，我要去移民局時，因為搭錯車而不知該如何時，這時開著郵務用的綠色箱型車的郵務人員，特地花了約20分的時間送我到移民局。在日本，是不可能發生這樣的情形的。

還有，我曾經住在台中，在那兒有一家我常去的燒餅店，客人們都是自己將要買的燒餅放入袋子裡，然後就連要找的零錢也是自己從箱子裡拿，我都分不清楚到底誰是工作人員，誰是客人。真令我印象深刻。

我在日本的家是位於橫濱，在那裡雖然也有無人販售的農作物的場所，客人自行將該付的金額放入箱子裡，但像台中這家店般，分不清誰是工作者，誰是客人的狀況倒是沒有過。

　　有一位常和我去吃飯和唱卡拉ok的台灣朋友，有一次我以行動電話的簡訊來和他連絡一些事情，但卻都是「梨のつぶて」（了無音訊），而我和他之間並沒有發生任何不愉快的事，那時真令我不了解到底是為什麼。

　　有一次我問他為什麼都沒回我的簡訊，他說他已了解我要表達的事了，所以就沒回了。但就日本人而言，彼此沒有不愉快的話，會回簡訊的。

　　還有，有一位日語學得不錯且想當翻譯的台灣人，因為有些問題要請教我，而寫了e-mail給我，我也馬上回信解決了他的問題，但是那個人竟然連說聲「ありがとう」的信也沒回給我。

　　即使是精通日語者，若是要為日本人的旅行者翻譯時，會不會也是一件有點困難的事呢？因為日本人不太會直接地說出自己的要求，如果沒有多花心思、用心地察覺對方的需求及想表達的意思，就只是表面翻譯的話，對日本人而言，應該不會對他的服務給予很好的評價吧！

　　有一個不太會說日語的台灣婦人，當她知道我要回日本時，特地送給我許多的土產，當我回到日本時，也接到她打來問是否平安到達的關心電話，甚至到了日本的除夕夜時，她也不忘打個電話到日本，問候我，並說：「来年もよろしく」，真是非常地用心啊！身為現代日本人的我，對於她的體貼、善

Topic 21 難懂的台灣人的想法

207

解人意，內心滿懷感激，也因此心想，如果哪一天她可以來到日本時，為了表達對她的感激之意，一定要和內人一起下廚，卯足全力、親手做好吃的料理請她品嚐，並招待她至溫泉區泡湯。

台灣的食物很好吃。

但是在台灣也有令我無法適應的，就是在握壽司及三明治裡放進肉鬆，還有台灣的美乃滋對我而言也太甜了，和風拉麵店的老闆娘送我的餅乾，口味居然是在甜餅乾中加進豬肉，令我非常地驚訝。

而一般的食物當中的油量也是太多了。吃滷肉飯時，放在滷肉飯上面的肥豬肉，我總是將它撥開放在一旁，但是對於我這樣的吃法，也不能說「那是不正確吃法」，這是因為氣候、風俗習慣以及長期的飲食習慣不同所產生的狀況，如果對一件事有期待時，而期待也是符合自己期望的事，但卻不能盡如人意的話，當然會感到失望。

因此我明白與異國朋友相處要多體諒與了解彼此的民情與風俗，不要指責彼此的不同處，而是要互相包容、體貼對方。

Topic 22 校對例

以下是筆者教學多年整理的一些台灣學生常犯的錯誤例。

台灣學生因為受中文文法的影響，導致在表達日語時產生了奇怪的說法。

校對例 I

奇怪的說法（✕）	自然的說法（○）
濡（ぬ）れた服（ふく）を火（ひ）であぶって着（き）ます。	濡（ぬ）れた服（ふく）を火（ひ）で乾（かわ）かして着（き）ます。
把濕濕的衣用火烘乾再穿。	
手（て）が板（いた）にたたかれて血（ち）が出（で）た。	手（て）が板（いた）にあたって血（ち）が出（で）た。
手碰到木板，流血了。	
あの映画（えいが）は一生（いっしょう）印象深（いんしょうぶか）かった。	あの映画（えいが）は今（いま）まで最（もっと）も印象深（いんしょうぶか）かった。
那個電影到現在都還印象很深刻。	

奇怪的說法（×）	自然的說法（○）
彼は演技の実力が受けられた。	彼は演技の実力が受け入れられた。
他的表演實力被接受了。	
子供がいたずらしたが警察に訴えるほど必要がない。	子供がいたずらしたが警察に訴えるほどではない。
孩子惡作劇，但不是壞到要對警察投訴的程度。	
飛行機に危険な物を持って上るのはダメです。	飛行機に危険な物を持って乗るのはダメです。
攜帶危險物品，不得搭飛機。	
まことに神様に拝みます。	心から神様に拝みます。
虔誠地祭拜神明。	
急に来客があり、部長の午後のスケジュールを改正した。	急に来客があり、部長の午後のスケジュールを変更した。
忽然有來客，變更了部長的下午行程。	
彼は成績を改善した。	彼は成績が良くなった。
他改善了成績。	
この交差点では回転できません。	この交差点ではUターンできません。
不可在這個交叉路口迴轉。	

奇怪的說法（×）	自然的說法（○）
部屋をきれいに回復した。	部屋をきれいにした。
清理了房間。	
小鳥が籠の中に囲まれている。	小鳥が籠の中に囲われている。
小鳥被關在鳥籠裡。	
果物を採取する時期になった。	果物を収穫する時期になった。
到了採收水果的時期。	
おいしいビーフシチューを炊いた。	おいしいビーフシチューを煮た。
煮了好吃的燉牛肉。	
神様に恵まれて可愛い子が生まれた。	神様のおかげで可愛い子が生まれた。
多虧神明的保祐，小孩順利地出生了。	
荷物を届いた。	荷物が届いた。
行李到達了。	
これくらいの餃子は食べきれない。	こんな餃子は食べきれない。
無法吃光這麼多的餃子。	

奇怪的說法（✗）	自然的說法（○）
子供が正しい衛生観念を持たせるように努力します。	子供が正しい衛生観念を持つように努力します。
努力地為了讓孩子有正確的衛生觀念。	
きちっとした服装なら、良い印象を残っている。	きちっとした服装なら、良い印象を残せる。
能穿著適切的服裝的話，能讓人留下好的印象。	
花子は清潔好きで、所々がきれいだ。	花子は清潔好きで、どこもきれいだ。
花子非常愛好乾淨，到處都整理得很乾淨。	
あちらにはもっと多い花が咲いています。	あちらには花がもっと多く咲いています。
在那裡有開著更多的花。	
ある地方の新年は旧暦に従っている。	新年を旧暦に従っている地方もある。
有的地方遵從舊曆的新年。	
救助された遭難者を見て、家族が安心した。	遭難者が救助されたのを見て、家族が安心した。
看遇難者獲救，家屬感到安心了。	

奇怪的說法（×）	自然的說法（○）
幼なじみの彼とは同じ記憶を持っている。	幼なじみの彼とは同じ記憶がある。
與青梅竹馬的他有著一樣的記憶。	
1ヶ月前に彼女にあったきり、心配しています。	1ヶ月前に彼女に会ったきりでその後会っていないので心配しています。
1個月前跟她見面之後就沒有再見面了，真令人擔心。	
連続の残業をして疲れた。	残業の連続で疲れた。
因連續的加班，而感到疲累不堪。	
彼は海外に行く傾向がある。	彼は海外に行きたがっている。
他想去海外。	
花子と旅行の計画を討論した。	花子と旅行の計画を相談した。
和花子商量了旅行的計畫。	
ジャガイモの皮を削る。	ジャガイモの皮を剥く。
剝馬鈴薯的皮。	
彼はただ半年かけて日本語がうまくなった。	彼はただ半年だけで日本語がうまくなった。
他只學了半年的日語，卻可以變得很厲害。	

Topic 22 校對例

奇怪的說法（×）	自然的說法（○）
梃子の原理を基づいて作った。	梃子の原理に基づいて作った。
根據槓桿的原理做的。	
彼の方法は合理だ。	彼の方法は合理的だ。
他的方法是合理的。	
喫煙は体に悪く影響を与える。	喫煙は体に悪い影響を与える。
抽菸對身體有不良的影響。	
皆様が親切に歓迎されたことは忘れません。	皆様に親切に歓迎していただいたことは忘れません。
不會忘記大家親切的歡迎。	
コンクリートの家は固くて壊れにくい。	コンクリートの家は丈夫で壊れにくい。
混凝土的家因較結實不容易壞掉。	
彼は優勝を取った。	彼は優勝した。
他獲得了冠軍。	
雨が降ったら外で遊ぶ。	雨が降っても外で遊ぶ。
雖然下雨，也在外面玩。	

214

奇怪的說法（✗）	自然的說法（○）
準備の不十分は会議がうまく行かなかった故だ。	準備の不十分だったので、会議がうまく行かなかった。
因為準備不足，會議沒能順利進行。	
期待されているお正月はもうすぐだ。	楽しみなお正月はもうすぐだ。
期待的過年快來臨了。	
何回の失敗をかまわずに最後までやり遂げる。	いくら失敗しても最後までやり遂げる。
即使有多次失敗，到最後也做完。	
何回も探したのに、財布を探し出さない。	何回も探したのに、財布を探し出せない。
找了好幾次，就是找不到錢包。	
これは錆を止める包丁です。	これは錆が出ない包丁です。
這是不會生鏽的菜刀。	
彼女の声は風邪で錆びている。	彼女の声は風邪で枯れている。
她因為感冒的關係，聲音嘶啞了。	

奇怪的說法（✗）	自然的說法（○）
大勢子供はピーマンが嫌いです	ピーマンが嫌いな子供は多い。
討厭青椒的孩子很多。	
彼は直な意見を言う。	彼は率直な意見を言う。
他說了直接的意見。	
家を出たばかりに雨がふってきた。	家を出てすぐに雨がふってきた。
從家裡出來後馬上就下起雨來。	
これは模型だけです。	これはただの模型です。
這個只是模型而已。	
じゃんけんで決まります。	じゃんけんで決めます。
猜拳決定。	
この前に買った本はおもしろい。	この前買った本はおもしろい。
上次買的書很有趣。	
隣のお婆さんがようやく亡くなった。	隣のお婆さんがとうとう亡くなった。
隔壁的老婆婆終於死了。	

奇怪的說法（×）	自然的說法（○）
隣のお婆さんがやっと亡くなった。	隣のお婆さんがとうとう亡くなった。
隔壁的老婆婆終於死了。	
彼は咳をしていて、多分風邪だろう。	彼は咳をしているので、多分風邪だろう。
他因為咳嗽著，大概是感冒了吧？！	
あなたはこの事件の関係者ですから、警察に来てもいいですか。	あなたはこの事件の関係者ですから、警察に来てもらってもいいですか。
你是這個事件的關係人，可以拜託警察來嗎？	
私の夢は海外に行って、あちこち旅行します。	私の夢は海外に行って、あちこち旅行することです。
我的夢想是去海外到處旅行。	
昔のことだからよく覚えない。	昔のことだからよく覚えていない。
因為是從前的事，所以記不得了。	
ウグイスの鳴き声はよっぽどきれいです。	ウグイスの鳴き声は非常にきれいです。
黃鶯的鳴聲非常好聽。	

Topic 22 校對例

217

奇怪的說法（✕）	自然的說法（○）
経営は順調にしていますね。	経営は順調ですね。
經營順利。	
病院に行くまでの程度は達していない。	病院に行くほどではない。
不是病到要去醫院的程度。	
窓を開けて、涼しくなりますよ。	窓を開けると涼しくなりますよ。
開窗的話會變得涼快喲。	
この間、寒い天気が続いている。	このところ、寒い天気が続いている。
最近，寒冷的天氣持續著。	
子供の頃からずっと野球選手になりたい。	子供の頃からずっと野球選手になりたかった。
從孩提的時候就一直想成為棒球選手。	
さっき不審な人がいるのでこわい。	さっき不審な人がいたのでこわかった。
因為剛才有可疑的人出現，所以感到很害怕。	

奇怪的說法（✗）	自然的說法（○）
虫（むし）でも生命（せいめい）であるから殺（ころ）してはダメだ。	虫（むし）でも生命（せいめい）があるから殺（ころ）してはダメだ。
蟲也有生命，不可殺。	
海外旅行（かいがいりょこう）では水（みず）を注意（ちゅうい）しなければ行（い）けない。	海外旅行（かいがいりょこう）では水（みず）に注意（ちゅうい）しなければ行（い）けない。
去海外旅行，要留意水質。	
私（わたし）の会社（かいしゃ）の経理（けいり）に担（にな）いますか。	私（わたし）の会社（かいしゃ）の経理（けいり）をしますか。
你要不要當我的公司會計？	
彼（かれ）は自（みずか）らの家（いえ）に住（す）んでいます。	彼（かれ）は自分（じぶん）の家（いえ）に住（す）んでいます。
他住在自己的家。	
何軒（なんけん）の土産物屋（みやげものや）も行（い）った。	何軒（なんけん）も土産物屋（みやげものや）に行（い）った。
去了幾間土產店。	
私（わたし）の日本語（にほんご）は初歩（しょほ）の階段（かいだん）です。	私（わたし）の日本語（にほんご）は初歩（しょほ）の段階（だんかい）です。
我的日語是處於入門的階段。	
白髪（しらが）は苦労（くろう）の表（あらわ）しだ。	白髪（しらが）は苦労（くろう）の表（あらわ）れだ。
白髮是辛苦的象徵。	

Topic 22 校對例

奇怪的說法（✕）	自然的說法（○）
砂糖を入れてもおいしくなくなります。	砂糖を入れてもおいしくなりません。
即使放入糖也不好吃。	
彼女の歌っている模様を見て感動した。	彼女の歌っている様子を見て感動した。
看她唱歌的樣子而受到感動了。	
近く彼女の顔を見ると皺が多かった。	近くで彼女の顔を見ると皺が多かった。
靠近看她的臉，發現有很多皺紋。	
公園に弁当を持参しに行ってください。	公園に弁当を持参してください。
請自備便當帶去公園。	
聞いたことをメモを書いておきます。	聞いたことをメモに書いておきます。
把聽到的事件在筆記上做紀錄。	
彼は隙から家の中を覗いた	彼は隙間から家の中を覗いた
他從縫隙窺視家裡面。	

奇怪的說法（✗）	自然的說法（○）
こちらの方が安くて買います。	こちらの方が安いので買います。
因為這個便宜，就買下了它。	
ガラスのコップについては壊れやすい。	ガラスのコップは壊れやすい。
玻璃作成的杯子容易破掉。	
明日まで仕事を終えます。	明日までに仕事を終えます。
明天之前結束工作。	
彼は骨董品の見る目がある。	彼は骨董品を見る目がある。
他有鑑賞古董的眼力。	
東京に映画を見て行きます。	東京に映画を見に行きます。
去東京看電影。	
環境保護は全体の人類に関わることです。	環境保護は人類全体に関わることです。
環境保護是攸關於全體人類。	

221

奇怪的說法（×）	自然的說法（○）
おいしい料理を楽しめてください。	おいしい料理を楽しんでください。
請享受好吃的料理。	
熱が下がって気持ちが良くなった。	熱が下がって気分が良くなった。
氣溫下降後，心情變好了。	
あの店のラーメンは確かおいしい。	あの店のラーメンは確かにおいしい。
那家店的拉麵的確很好吃。	
はっきり覚えていないが、彼の家は確かにこのあたりだ。	はっきり覚えていないが、彼の家は確かこのあたりだ。
雖沒清楚地記下來，不過，他的家大概是在這附近。	
農産物は大分輸入品です。	農産物は大部分が輸入品です。
農産物大部分是進口商品。	
お腹の調子が大部分良くなった。	お腹の調子が大分良くなった。
肚子的狀況好多了。	

222

你的日語很奇怪了！

奇怪的說法（ｘ）	自然的說法（○）
社長に不満を直接に言った。	社長に不満を直接言った。
對社長直接表達了不滿。	
花子連れで映画を見に行った。	花子を連れて映画を見に行った。
帶花子去看了電影。	
不注意なせいでコップを落とした。	不注意でコップを落とした。
因為不小心而掉落了杯子。	
漫画は世界中有名です。	漫画は世界中で有名です。
漫畫在全世界很有名。	
体力が歳とともに下回った。	体力が歳とともに低下した。
隨著上了年紀，體力也下降了。	
世界の国々が集まって自分の歌を歌った。	世界の国々が集まって自国の歌を歌った。
聚集了世界各國的人民唱了本國的國歌。	
都心は夜中はさびれている。	都心は夜中は静かだ。
市中心夜間很安靜。	

Topic 22 校對例

223

奇怪的說法（✗）	自然的說法（○）
地震でビルが動揺している。	地震でビルが揺れている。
因為地震，大樓搖晃著。	
雨が降って、外で遊ぶ。	雨が降っても、外で遊ぶ。
即使下雨也在外邊玩。	
指をナイフに切られて怪我をした。	指をナイフで切って怪我をした。
刀子切傷了手指。	
新聞に載せたニュースを見て驚いた。	新聞に載ったニュースを見て驚いた。
看到報紙上的新聞，吃了一驚了。	
友達を乗せて駅へ電車に乗りに行きます。	電車に乗りに友達を乗せて駅へ行きます。
我要載朋友去車站搭電車。	
窓を開けると夕日が沈むのを見た。	窓を開けると夕日が沈むのが見えた。
一開窗，看見夕陽沉落。	
彼は給料が少なくて不平と思っている。	彼は給料が少なくて不平に思っている。
因為工資少，他覺得不滿。	

奇怪的說法（✗）	自然的說法（○）
過去を振り向いた。	過去を振り返った。
回顧了過去。	
乗車ベルトを締めて下さい。	シートベルトを締めて下さい。
請繫緊安全帶。	
さすらい人が公園にいる。	ホームレスが公園にいる。
因無家可歸而在公園裡。	
靴のひもを繋ぎ直す。	靴のひもを結び直す。
重繫鞋帶。	
彼女は本気で美しい。	彼女は本当に美しい。
她真的很美麗。	
彼はビデオを編んでいる。	彼はビデオを編集している。
他編輯著錄影的影像。	
花子の歌はあまり美しい。	花子の歌はあまりにも美しい。
花子的歌聲非常優美。	

Topic 22 校對例

奇怪的說法（×）	自然的說法（○）
聴衆は何回もアンコールを呼んだ。	聴衆は何回もアンコールをした。
聽眾多次要求再演奏一次。	
かねてからオペラを見たい。	かねてからオペラを見たいと思っていた。
我從以前就想看歌劇了。	
気まぐれで集中できない。	気が散って集中できない。
無法集中精神。	
私は花子と恋している。	私は花子に恋している。
我戀愛著花子。	
母は病気の息子のことが気にかける。	母は病気の息子のことが気にかかる。
母親很關注生病的兒子的事。	
お客にお茶を出して気をとめる。	お客にお茶を出して気をつかう。
體貼地為客人奉茶。	
別れた彼女のことが気にして仕方がない。	別れた彼女のことが気になって仕方がない。
雖非常在意分別後的女友的事，但也無可奈何。	

奇怪的說法（✗）	自然的說法（○）
噂が気にする。	噂を気にする。
在意謠言。	
髪を短くしたのに誰も気にならない。	髪を短くしたのに誰も気にとめない。
頭髮變短了，但是沒有人注意到。	
疲れたら早く寝るものだ	疲れたら早く寝ることだ
如果累的話就要早點休息。	
愛は苦しいことだ。	愛は苦しいものだ。
愛本來就是一件令人苦惱的事情。	

Topic 22 校對例

227

校對例2

原文

花子さんのメールによって、去年もいろいろありました
ね。

今はどんな仕事をしていますか。
出張も要るようですね。
お体を気をつけでください。

本のことについて、永漢本屋さんに注文しましたが、
この本が売れ切りました。他の本屋に探してみます。

花子さんは台湾に来る予定はいつですか。
私ももう一度靖国参拝に行きたいです。
今年の春あるいは夏に行くことができるかな。

今夜の7時頃、花子さんに電話をしましたが、
でも出ませんでした。
その時、お願いことがありましたから。
花子さんは野村のおじいさんに電話をしなくでもいいで
す。

明日野村のおじいさんに手紙を書きますから。

では、またね。

校正 ✏

花子さんのメール❶によると、去年もいろいろありましたね。

今はどんな仕事をしていますか。
出張も必要なようですね。
お体に❷気をつけてください。

本のことについて、
永漢書店に注文し❸ようとしましたが、
この本❹は売れ切れでした。他の本屋を探してみます。

花子さんは今度台湾に来る予定はいつですか。
私ももう一度靖国参拝に行きたいです。
今年の春あるいは夏に行くことができるかな。

❺今夜の7時頃、花子さんに電話をしましたが、
❻出てこられませんでした。
お願いしたいことがあったのです。
花子さんは野村のおじいさんに電話をしなくてもいいです

Topic 22 校對例

229

よ。

　　明日野村のおじいさんに❼お手紙を書きますから。

　　では、またね。

解説

❶.「によって」是表原因、手段、方法、受身的動作主時所使用的一種表現方式。

　而「によると」是在有根據的狀況下才使用的表達法。

❷.句型：「～に気をつける」

❸.因為還沒訂購，所以使用「しようとしました」即可。

❹.因為是就「この本」而言，所以助詞用「は」。

　「売り切り」是書店的立場。

　「売り切れ」是書的立場。或者是「この本は売り切れでした。」也可以。

❺.因為已經有「が」了，所以不需再接「でも」。

❻.為了表示對對方的敬意使用「出てこられる」。

❼.加上「お」而成為美化語。

原文

明けましておめでとうございます。

ちょっとお願いことがありますが、

さっき（18：36）野村のおじいさんは桑名がら電話があり
ましたが、

その時、買い物に行って携帯が車の中に置いたので出ませ
んでした。

この電話番号をかけていただけませんか。

野村のおじいさんは何の用件を電話して聞いていただけま
せんか。

私の聴力が下手ですから、お願いします。

あとでメールで教えていただけませんか。

お手数ですか、何とかお願いします。

校正

明けましておめでとうございます。

ちょっとお願い❶ごとがありますが、

さっき（18：36）野村のおじいさん❷が桑名から電話を

❸<u>かけてこられました。</u>

その時、買い物に行って❹<u>いて</u>携帯は車の中に置いていたので❺<u>出られませんでした。</u>

この電話番号にかけていただけませんか。

野村のおじいさんは何の用件で電話されたのか聞いていただけませんか。

私は❻<u>聞き取り</u>が下手ですから、お願いします。

あとでメールで教えていただけませんか。

お手数ですか、❼<u>よろしく</u>お願いします。

❶.須注意濁音。

❷.「野村のおじいさん」因為是在文章中第一次出現，所以須使用「が」

❸.對「おじいさん」要使用敬語，所以使用「かけてこられる」

❹.無法接電話是因為那時候正在去買東西，所以使用「て形」的「行っている」

❺.因為有事情而無法接電話時，使用「出られない」；不想接聽電話時使用「でません」。

❻.一般來說，「聴力」在日語中，是指聽覺器官的聽見能力。

❼.請求別人時使用「何とか」是指很困難且需耗很多心力才可完成，並希望對方務必要達成的一種表現法。而「何とぞ」是一種較為柔軟的表現法。所以，用「何とぞお願いします。」也可以。

原文

　親愛的一雄夫妻：お元気ですか？ご来信有難うございました。先ずは、新年明けまして　おめでとうございます！貴方たち知り合ったことが私たちに対しては、人生一番大きいの福です。この福も下一代に続けたいです・赤ちゃんがあった、おめでとう！今度も台湾へつれてきてくださいね。

　祝順心

　日本にいくチャンスがあれば、絶対メールして知らせるね！

校正

　❶一雄夫妻様：お元気ですか？❷お葉書有難うございました。先ずは、新年明けまして　おめでとうございます！

　❸お知り合いになれたことは、一生で一番❹大きな幸せです。この幸せを（次の代にも）ずっと続けて行けたらなあと思っています。赤ちゃんが❺できたのですね、おめでとう！台湾へ遊びに来られるときは一緒につれてきてくださいね。

　❻「よい年でありますように」

日本にいくチャンスがあれば、絶対メールで知らせるね！

233

解說

❶.在日語中不可以在名字的前面加上「親愛的」。用「～様」
即可。

❷.有人來的時候可以說「ご来場」，但是有信來的時候不使用
「ご来信」。

❸.「あなた」多使用於對輩份較小或者伴侶的稱呼。

❹.形容詞「大きい」和名詞之間不需要加上「の」。

❺.「ある」「いる」是屬存在動詞。在這裡要以「生下小寶
寶」來表示較恰當。

❻.日本的賀年卡都有既定形式的語言，就照那樣的形式來書寫
即可。例如：「謹賀新年」、「恭賀新年」「あけましてお
めでとうございます」

賀詞：

「昨年は、大変お世話になりました」

「旧年中は、なにかとお世話になりました」

結尾：

「皆様のご健康とご多幸をお祈りいたしております」

「この一年のご健康と、ますますのご活躍をお祈り申し上
げます」

記得不能將中文的問候語直接翻譯成日語，這樣會變得很奇
怪。

お久しぶりですね。

5月から12月の月末まで、この間花子さんと全然連絡しなかったね。

本当にすみませんでした。

この間、いろいろなあります。

私は順調に大学院を卒業しました。

学校の授業も他の仕事も沢山あり、

加えて、父が作った機器が今も家具を生産していますので、忙しくて猫の手も借りたいです。

花子さんの方がいかがですか。

今年の日本の夏が酷暑で、冬も寒ようです。

お母様と花子さんの体調が大丈夫でしょう。

ぐれぐれもご自愛くださいますよう、お祈り申し上げます。

かわいい熊ちゃんが12月23日に届きました。

気にいれって、どうもありがとうございました。

お久しぶりですね。

5月から12月の月末まで、この間❶は花子さんと全然連絡し

ませんでしたね。

本当に❷すみませんでした。

この間、❸いろいろな事がありました。

私は順調に大学院を卒業しました。

学校の授業も他の仕事も沢山あり、

加えて、父が作った機器❹で今も家具を生産しています

ので、忙しくて猫の手も借りたいです。

花子さんの方❺はいかがですか。

今年の日本の夏は酷暑で、冬も寒いようです。

お母様❻や花子さんの体調は大丈夫でしょうか。

くれぐれもご自愛くださいますよう、お祈り申し上げま

す。

かわいい熊ちゃんが12月23日に届きました。

大変❼気に入っています。どうも❽ありがとうございまし

た。

解說

❶.因為是限定的一段時間，所以加入「は」。雖然不加也可以，但「間」和「花子」都是漢字，所以唸起來有點困難，還是加上「は」比較恰當。

❷.須統一使用「です」和「ます」。

❸.「いろいろとあります」、或「いろいろあります」都可以使用。

❹.用來表示方法、手段的助詞用「で」。

❺.是指「については」的意思，所以使用「は」。

❻.如果使用「と」的話，只限於限定兩個人而已，表對象時，用「や」比較恰當。

❼.「気に入る」的主語是「私」。

❽.在全文之後有表示感謝的意味出現，此時全文的主語是指對方，要使用「て形」＋「くれてありがとう」。

校對例6

原文

先生、こんにちは。

私は林と申します。

家族は、父と母と姉と私が4人で南投県に住んでいます。

性格が明るくて、音楽と語学が夢中になって、いろんな物

ことに対して好奇心を持っています。

　いつも笑顔で、たくさんの友達をできました。

　日頃には、ピアノを弾くとか、バイオリンをするとか、泳ぐとか好きです。

　学業には、色いろんな免許書も取りました。

　大学の4年間で、一生懸命に勉強してと思っています。

　もっと責任を持って、おとなしくなりたいです。

　どうぞ、よろしくお願いいたします。

校正

先生、こんにちは。

　私は林と申します。

　家族は、父と母と姉と私❶との4人で南投県に住んでいます。

　性格❷は明るく、音楽と語学に夢中になっていて、いろんな物ごとに対して好奇心を持っています。

　いつも笑顔❸でいるので、たくさんの友達ができました。

　ピアノを弾くこととか、バイオリンを弾くこととか、泳ぐこととか❹が好きです。

　学業❺では、色いろんな免許書も取りました。

　大学の4年間で、一生懸命に勉強していきたい❻と思ってい

ます。

　もっと責任を持って、❼おとならしくなりたいです。

　どうぞ、よろしくお願いいたします。

解説

❶.既然是指「家族は」，表示主語時就不使用「が」來強調，而以「4人」的方式來說明較恰當。

❷.因為前段中已說明「家族」，當提到關於「性格」的話，使用「は」是較恰當的。

❸.因為是以常常保持著笑容的原因。

❹.「〜が好き」的前面有「名詞」或「動詞」要加「の」，將其變成「名詞化」。

❺.因為是指「学業の方面」，所以使用「で」。

❻.「〜と思う」的前面是「內容」、「引用」的話，僅使用「して」的話，有半途而廢的感覺。

❼.「おとなしい」是指在態度、或心境上轉為沉穩的意思，「〜らしい」是指符合其程度的意思。

校對例7

原文

ご無沙汰しております。

花子さんは2月と3月の時期に忙しそうですね。
この時期には日本の決算の時期なので、
資料をまとめなければなりませんね。
時間の流れは早いですね。
花子さんは帰国からもうはや1ヶ月で通った。
この間、私は会社の共同経営者と経営利益の問題について、意見が不一致で、お互いに不快になってきました。
最後に私は彼女に金を払って全部の経営権を買いました。
十分面倒くさかった過程でしたね。
また、論文のためにこの一ヶ月間で毎週台南に行ったりきたりのです。

花子さんは台湾に来た時私にくれた携帯ストラップは一個いくらですか。
最初に私の携帯は穴はないと思いましたが、
先週携帯の底に穴を気がついてストラップを掛けました。

掛けた後もっと便利になりました。

このストラップが大好きです。

だから、ずっと使っていた白い袋はもう要らなくなりました。

友達に見たあと買いたいようで価格を尋ねてしまいましたが知りたいのです。

価格を教えていただけませんか。

お願いいたします。

お母様のよろしく伝えてかださい。

ご無沙汰しております。

花子さんは2月と3月はお忙しそうですね。

この時期は日本では決算なので、

❶資料をまとめ❷なければならないんでしょうね。

時間の流れは早いですね。

花子さんが帰国してからもう❸1ヶ月経ちました。

その間、私の方は会社の共同経営者と経営利益の問題について、意見の不一致があって、お互いに❹❺不快な思いをしました。

最後に私は彼女にお金を払って全部の経営権を買いました。

　それは❻とても面倒くさかった過程でしたね。

　また、論文のためにこの一ヶ月間は毎週台南に行ったりきたりなのです。

　花子さん❼が台湾に来た時私にくれた携帯ストラップ❽は一個いくらですか。

　最初に私の携帯には穴がないと思っていましたが、

　先週携帯の底に穴があるの❾に気がついてストラップを付けました。

　付けるともっと便利になりました。

　このストラップ❿は大好きです。

　だから、ずっと使っていた白い袋はもう要らなくなりました。

　友達がそれを⓫見て買いたいようだったので価格が知りたいのです。

　価格を教えていただけませんか。

　お願いいたします。

　お母様によろしく⓬お伝えください。

解說

❶.因為「時期」出現了三次,顯得有點繁瑣,所以可以省略。

❷.因為是花子的事情,所以使用推測的表現法比較恰當。如果沒有這樣表達的話,好像感覺是在命令花子。

❸.因為「花子さん」不是「１ヶ月経ちました」的主語, 所以使用「が」

❹.「～になる」是變化的表現。

❺. 在這裡用表示雙方都不愉快的表現法會比較恰當。

❻.「十分」是表示沒有不足的意思,「とても」是程度很強的意思。

❼.因為是從屬子句,所以助詞用「が」。

❽.想要問「一個いくらですか」時,因為主語是「携　ストラップ」已有前述了,所以使用助詞「は」。

❾.「～に気がつく」的說法。

❿.「このストラップ」是「舊情報」,因為是針對那件事而言,所以助詞使用「は」。

⓫.「見る」和「買いたい様子」,因是同一時間的事情,所以使用「て形」。

⓬.當尊敬語時需加上「お」。

專欄 5

這也是日語嗎？

　　下列是一首有名的歌曲「茶わんむし」的歌詞。

　　因為歌詞是鹿兒島當地的方言，很多人在唱的時候完全不了解歌詞的意思，雖然它是方言，但聽到它的曲調也會情不自禁地的感到窩心、溫暖。

　　各位學習者如果可以記下歌詞，唱給日本人聽的話，相信他們也會有同感。

　　附帶一提，「茶碗蒸し」中的「蒸し」和「虫」的發音是一樣的喔！

鹿児島弁	意味
うんだもこら　いけなもんや　あたいげどん　ちゃわんなんだ	あらまあ、　どうしたんだろう
ひにひにさんども　あるもんせば	私のところの茶碗なんだ
きれいなもんごわんさ	一日に三度も洗いますので
ちゃわんについた　むしじゃろかい	きれいなものですよ
めごなどけあるく　むしじゃろかい	茶碗についた虫だろうか
まこて　げんねこっじゃ　わっはっはー	竹籠など蹴歩く　虫だろうか
	ほんとうに恥ずかしいことだ　ワッハッハ

http：//www.youtube.com/watTopic？v=vXG-jHnqq7Q

必學句型370句

這裡所舉的例句很短，只要每天重覆練習，能有效幫助記憶，輕鬆說出自然的日語。

Track05

		日語	中文
助詞	が	何が咲いていますか。	什麼正開著呢？
		桜が咲いています。	櫻花正開著。
		誰が可愛いですか。	誰是可愛的呢？
		花子です。	是花子。
		財布が落ちています。	錢包掉在地上。
		漫画が好きです。	喜歡漫畫。
		英語が話せます。	會說英語。
	は	花子はいつ来ますか。	花子什麼時候來？
		花子は明日来ます。	花子明天會來。
		あの人は誰ですか。	那個人是誰？
		あの人は花子です。	那個人是花子。
		これは何ですか。	這是什麼？
		それはiPadです。	那是iPad。

	日語	中文
は、が	象は鼻が長いです。	大象的鼻子長。
に	家にいます。	在家。
	台中に住んでいます。	住在台中。
	東京に行きます。	去東京。
	富士山に登ります。	登上富士山。
	風呂に入ります。	洗澡。
	バスに乗ります。	搭巴士。
	泳ぎに行きます。	去游泳。
	日曜日に帰ります。	星期日回來。
	花子に頼みます。	請求花子。
	花子に教えます。	教花子。
	花子に電話します。	打電話給花子。
	花子に会います。	跟花子見面。
	太郎に殴られました。	被太郎打了。
へ	東京へ行きます。	去東京。

Topic 23 必學句型370句

	日語	中文
を	餃子を食べます。	吃餃子。
	映画を見ます。	看電影。
	バスを降ります。	下巴士。
	家を出ます。	從家裡出去。
	橋を渡ります。	過橋。
	空を飛びます。	在天空飛。
	門を入ります。	進入門。
で	公園で遊びます。	在公園玩。
	箸で食べます。	用筷子吃。
	リンゴでジュースを作ります。	用蘋果製作果汁。
	5個で300円です。	5個300日圓。
	風邪で休みます。	因為感冒了才休息。

	日語	中文
と	太郎と花子が来ました。	太郎和花子來了。
	花子と遊びます。	和花子玩。
	この餃子はおいしいと思います。	我認為這個餃子好吃。
	明日来ると花子は言いました。	花子說了明天會來。
	ゆっくりと食べます。	慢慢地吃。
から	映画は1時から始まります。	電影從1點開始。
	日本から来ました。	從日本來的。
	寒いから窓を閉めます。	因為冷而關上窗戶。
まで	夏休みは明日までです。	暑假到明天就結束。
	東京まで行きます。	去東京。
から、まで	旅行は金曜から日曜です。	旅行是從星期五到星期日。
	家から公園まで歩きます。	從家裡走到公園。
までに	5時までに帰ります。	5點之前回去。

	日語	中文
ので	暑いので窓を開けます。	因為熱，打開了窗戶。
のに	暑いのに冷房がない。	雖然很熱卻沒有冷氣。
ても	雨が降っても出かけます。	即使下雨也出去。
	いくら読んでもわかりません。	怎麼看也看不懂。
も	女性はバラが好きです。 私もバラが好きです。	女性喜歡玫瑰。 我也喜歡玫瑰。
	太郎はお酒が好きです。 太郎はビールもウイスキーも飲みます。	太郎喜歡喝酒。 太郎都喝啤酒和威士忌。
や	昨日ビールやお酒を飲みました。	昨天喝了啤酒和清酒。
とか	昨日ビールとかお酒とか飲みました。	昨天喝了啤酒和清酒之類的飲料。
	彼は明日来るとか言っていました。	他好像說明天會來。

		日語	中文
假定	ば	春になれば桜が咲きます。	到了春天櫻花就開了。
		雨が降れば行きません。	如果下雨的話就不去了。
	たら	雨が降ったら行きません。	如果下雨的話就不去了。
		私が知っていたらあなたに教えただろう。	如果知道的話，我會通知你。
	と	1に2を足すと3になる。	一加二等於三。
		窓を開けると外は雪だった。	開窗的時候發現外面下雪了。
	なら	あなたが行くなら私も行く。	如果你去我也會去。
		田中さんなら私も知っています。	如果是田中先生的話，我也認識。
修飾	名詞	私の母	我的母親。
		日本語の本	日語的書。
		愛することの意味	愛的意思。

		日語	中文
	形容詞	美しい人	美麗的人。
		きれいな人	漂亮的人。
	動詞	毎日飲む薬	每天吃的藥。
		昨日食べた餃子	昨天吃的水餃。
	数詞	2時間歩きます。	走了2個小時。
		餃子10個食べます。	吃了10個水餃。
助動詞	願望	ラーメンが食べたい。	想吃拉麵。
	可能	英語が話せます。	會說英語。
		納豆が食べられます。	敢吃納豆。
		水泳ができます。	會游泳。
		一人で来られます。	能一個人來。
	受身	泥棒にお金を取られました。	被小偷盜取了錢。
		雨に降られました。	淋了雨。
		弟に私のケーキを食べられました。	被弟弟吃了我的蛋糕。

	日語	中文
尊敬	社長がご飯を食べられます。	社長在吃飯。
	社長がお食べになります。	社長在吃。
	社長が召し上がります。	社長在吃。
使役	子供に薬を飲ませます。	讓孩子吃藥。
	子供にニンジンを食べさせます。	讓孩子吃紅蘿蔔。
傳聞	明日雪が降るそうです。	據說明天會下雪。
	85度Cのケーキはおいしいそうだ。	據說85度C的蛋糕好吃。
樣子	彼は眠たそうだ。	他看起來想睡覺的樣子
	雨が降りそうだ。	快要下雨了。

		日語	中文
	推量	このケーキはおいしそうだ。	這個蛋糕看起來很好吃。
		花子はどうも結婚したらしい。	總覺得花子好像已經結婚了。
		花子はどうも結婚したみたいだ。	總覺得花子好像已經結婚了。
		風邪をひいたようだ。	好像患了感冒。
		風邪をひいたみたいだ。	好像患了感冒。
	典型	花子はとても女らしい。	花子非常有女人味。
	比況	花子は天使のようだ。	花子好像天使。
		花子は天使みたいだ。	花子像天使一般。
て形	順次動作	東京へ行って、食事をします。	去東京吃飯。
	並行動作	お酒を飲んでおしゃべりします。	喝酒聊天。
	手段	歩いて行きます。	以步行的方式去。
	原因	風邪をひいて休みます。	因為感冒所以要休息。
	繼續	今散歩しています。	現在正在散步。

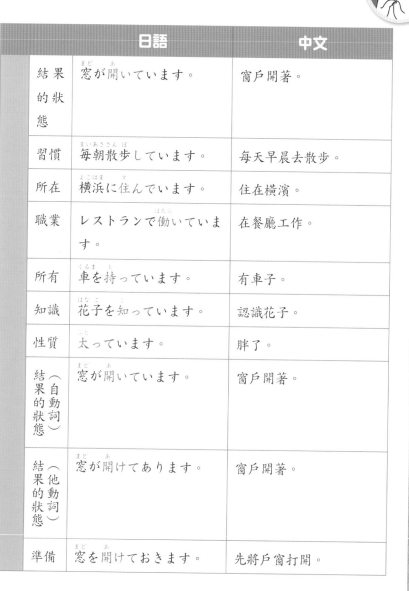

	日語	中文
結果的狀態	窓が開いています。	窗戶開著。
習慣	毎朝散歩しています。	每天早晨去散步。
所在	横浜に住んでいます。	住在橫濱。
職業	レストランで働いています。	在餐廳工作。
所有	車を持っています。	有車子。
知識	花子を知っています。	認識花子。
性質	太っています。	胖了。
結果的狀態（自動詞）	窓が開いています。	窗戶開著。
結果的狀態（他動詞）	窓が開けてあります。	窗戶開著。
準備	窓を開けておきます。	先將戶窗打開。

	日語	中文
完了	財布を落としてしまいました。	錢包掉了。
接近	昨日から寒くなってきました。	從昨天開始就變冷了。
遠離	明日から寒くなっていくでしょう。	會從明天開始變冷。
嘗試	納豆を食べて見ます。	試試看吃納豆。
委託	納豆を食べてください。	請你吃納豆。
	納豆を食べて。	請你吃納豆。
授受	私は花子にプレゼントをあげます。	我給花子禮物。
	花子は明子にプレゼントをあげます。	花子給明子禮物。
	私は花子にプレゼントをもらいます。	我從花子那裡得到禮物。
	私は会社からボーナスをもらいます。	我從公司那裡得到獎金。
	明子は花子にプレゼントをもらいます。	明子從花子那裡得到禮物。

日語	中文
花子は私にプレゼントをくれます。	花子給我禮物。
私は子供に童話を読んであげます。	我為孩子讀童話。
私は母を助けてあげる。	我幫助母親。
私は先生に英語を教えてもらいます。	我請老師教英語。
私は母に起こしてもらいます。	我請母親叫我起床。
花子は私を助けてくれます。	花子幫助我。
先生は私に英語を教えてくれます。	老師教我英語。
敬語 尊敬	社長がビールをお飲みになります。	社長喝啤酒。
	社長がビールを飲まれます。	社長喝啤酒。
	社長が食事されます。	社長吃飯。
	社長が大阪に来られます。	社長來大阪。

日語	中文
社長が大阪にいらっしゃいます。	社長來大阪。
社長が東京にいらっしゃいます。	社長去東京。
社長が大丈夫とおっしゃいます。	社長說沒問題。
社長が新聞をご覧になります。	社長看報紙。
社長が和服をお召しになります。	社長穿和服。
社長がボーナスを我々にくださいます。	社長給我們獎金。
社長が食事を召し上がります。	社長吃飯。
社長がその情報をご存じです。	社長知道那個訊息。
社長が食事をなさいます。	社長吃飯。
社長はお忙しいです。	社長很忙。

	日語	中文
謙讓	社長のカバンをお持ちします。	我為社長拿公事包。
	社長の家に参ります。	去社長的家。
	社長に報告を申し上げます。	向社長報告。
	社長のお手紙を拝見します。	拜讀社長的信。
	社長に花をさしあげます。	為社長獻花。
	社長の奥様を存じています。	認識社長的太太。

動詞	活用	日語	中文
書く	辭書形	花子に手紙を書く。	寫信給花子。
	ます形	花子に手紙を書きます。	寫信給花子。
	て形	手紙を書いて連絡します。	以寫信的方式來聯繫。
	た形	昨日花子に手紙を書きました。	昨天給花子寫了信。
	ない形	まだ手紙を書かない。	還不寫信。
	可能形	日本語の手紙が書ける。	能寫日語的信。
	意向形	花子に手紙を書こう。	給花子寫信吧。
	受身形	太郎に手紙を書かれる。	被太郎寫了信。
	ば形	花子に手紙を書けばいい。	如果給花子寫信的話就好了。
	使役形	花子に手紙を書かせる。	讓花子寫信。
	命令形	手紙を書け。	寫信。

動詞	活用	日語	中文
行く	辭書形	東京へ行く。	去東京。
	ます形	東京へ行きます。	去東京。
	て形	東京へ行って遊びます。	去東京玩。
	た形	昨日東京へ行った。	昨天去了東京。
	ない形	まだ東京へ行かない。	還不去東京。
	可能形	2時間で東京へ行ける。	只需要2小時就能到東京。
	意向形	東京へ行こう。	去東京吧。
	受身形	太郎に東京へ行かれる。	被太郎去東京了。
	ば形	東京へ行けばいい。	如果能去東京的話該有多好。
	使役形	花子を東京に行かせる。	讓花子去東京。
	命令形	東京へ行け。	去東京。

動詞	活用	日語	中文
話す	辞書形	花子と話す。	和花子說。
	ます形	花子と話します。	對花子說。
	て形	花子と話して遊びます。	和花子說話，玩耍。
	た形	昨日花子と話した。	昨天有和花子說話了。
	ない形	まだ花子と話さない。	還沒對花子說。
	可能形	花子と英語で話せる。	能和花子使用英語交談。
	意向形	花子と話そう。	和花子說吧。
	受身形	太郎に秘密を話された。	被太郎說出了秘密。
	ば形	花子と話せばいい。	如果能和花子說話就好了。
	使役形	花子に話させる。	讓花子說。
	命令形	大きい声で話せ。	大聲地說。

動詞	活用	日語	中文
聞く	辞書形	ニュースを聞く。	聽新聞。
	ます形	ニュースを聞きます。	聽新聞。
	て形	ニュースを聞いて驚いた。	聽到新聞而感到吃驚。
	た形	昨日ニュースを聞いた。	昨天聽了新聞。
	ない形	悪いニュースは聞かない。	不聽壞的新聞。
	可能形	ラジオでニュースが聞ける。	利用廣播能聽到新聞。
	意向形	ニュースを聞こう。	聽新聞吧。
	受身形	太郎に秘密を聞かれる。	被太郎聽到了秘密。
	ば形	ニュースを聞けばわかる。	如果聽新聞的話，就會瞭解了。
	使役形	花子にニュースを聞かせる。	讓花子聽新聞。
	命令形	毎日ニュースを聞け。	每天聽新聞。

動詞	活用	日語	中文
読む	辞書形	新聞を読む。	看報紙。
	ます形	新聞を読みます。	看報紙。
	て形	新聞を読んで驚いた。	看報紙而感到吃驚。
	た形	昨日新聞を読んだ。	昨天看了報紙。
	ない形	悪い新聞を読まない。	不良的報紙不看。
	可能形	眼鏡で新聞が読める。	戴眼鏡就能看報紙。
	意向形	新聞を読もう。	看報紙吧。
	受身形	太郎に秘密の手紙を読まれる。	被太郎看到了秘密的信件。
	ば形	新聞を読めばいい。	如果能看報紙的話就好了。
	使役形	部下に新聞を読ませる。	讓部下看報紙。
	命令形	毎日新聞を読め。	每天看新聞。

動詞	活用	日語	中文
とる	辞書形	魚<ruby>さかな</ruby>をとる。	捉魚。
	ます形	魚をとります。	捉魚。
	て形	魚をとって食べます。	捉魚來吃。
	た形	昨日魚をとった。	昨天捉了魚。
	ない形	犬は魚をとらない。	狗不捉魚。
	可能形	網で魚がとれる。	用網子能抓到魚。
	意向形	魚をとろう。	捉魚吧。
	受身形	猫に魚をとられる。	魚被貓捉了。
	ば形	魚をとればいい。	如果能捉到魚的話,就好了。
	使役形	太郎に魚をとらせる。	讓太郎捉魚。
	命令形	大きな魚をとれ。	捉大魚。

動詞	活用	日語	中文
買う	辞書形	果物を買う。	買水果。
	ます形	果物を買います。	買水果。
	て形	果物を買って食べます。	買水果來吃。
	た形	昨日果物を買った。	昨天買了水果。
	ない形	おいしくない果物を買わない。	不買不好吃的水果。
	可能形	市場で果物が買える。	在市場能買到水果。
	意向形	果物を買おう。	買水果吧。
	受身形	太郎においしい果物を買われる。	被太郎買到好吃的水果了。
	ば形	果物を買えばいい。	如果能買到水果的話,就好了。
	使役形	花子に果物を買わせる。	讓花子買水果。
	命令形	おいしい果物を買え。	買好吃的水果。

動詞	活用	日語	中文
会う	辞書形	明日花子に会う。	明天和花子見面。
	ます形	明日花子に会います。	明天跟花子見面。
	て形	花子に会って食事をします。	跟花子見面，吃飯。
	た形	昨日花子に会った。	昨天跟花子見了面。
	ない形	今日は花子に会わない。	今天不跟花子見面。
	可能形	やっと花子に会える。	終於能跟花子見面。
	意向形	花子に会おう。	見花子吧。
	受身形	太郎に花子と会われる。	被太郎跟花子見了面。
	ば形	花子に会えばうれしい。	如果跟花子見面的話，會感到高興。
	使役形	花子に母と会わせる。	讓花子跟母親見面。
	命令形	早く花子に会え。	早點跟花子見面。

Topic 23 必學句型370句

267

動詞	活用	日語	中文
帰る	辞書形	家に帰る。	回家。
	ます形	家に帰ります。	回家。
	て形	家に帰って寝る。	回家去睡覺。
	た形	昨日家に帰った。	昨天回了家。
	ない形	今日は家に帰らない。	今天不回家。
	可能形	やっと家に帰れる。	終於能回家。
	意向形	家に帰ろう。	回家吧。
	受身形	太郎に帰られる。	被太郎回家了。
	ば形	家に帰ればいい。	如果能回家的話，就好了。
	使役形	花子を家に帰らせる。	讓花子回家。
	命令形	早く帰れ。	早點回家。

動詞	活用	日語	中文
起こす	辭書形	花子を起こす。	喚醒花子。
	ます形	花子を起こします。	喚醒花子。
	て形	花子を起こして食事をする。	喚醒花子去吃飯。
	た形	さっき花子を起こした。	剛才喚醒了花子。
	ない形	寝ている花子を起こさない。	不喚醒正在睡覺的花子。
	可能形	目覚ましで花子を起こせる。	鬧鐘能喚醒花子。
	意向形	花子を起こそう。	喚醒花子吧。
	受身形	目覚ましで花子が起こされる。	花子被鬧鐘吵醒了。
	ば形	花子を起こせばやかましい。	如果喚醒花子的話，就會很吵。
	使役形	母に花子を起こさせる。	讓母親喚醒花子。
	命令形	早く花子を起こせ。	早點喚醒花子。

動詞	活用	日語	中文
ある	辞書形	台湾<ruby>たいわん</ruby>にも地震<ruby>じしん</ruby>がある。	台灣也有地震。
	ます形	台湾<ruby>たいわん</ruby>にも地震<ruby>じしん</ruby>があります。	台灣也有地震。
	て形	地震<ruby>じしん</ruby>があって驚<ruby>おどろ</ruby>いた。	因有地震而感到驚嚇。
	た形	昨日<ruby>きのう</ruby>地震<ruby>じしん</ruby>があった。	昨天有地震。
	ない形	今日<ruby>きょう</ruby>は地震<ruby>じしん</ruby>がない。	今天沒有地震。
	可能形	—。	—。
	意向形	地震<ruby>じしん</ruby>があろうがかまわない。	即使有地震也無所謂。
	受身形	—。	—。
	ば形	地震<ruby>じしん</ruby>があれば逃<ruby>に</ruby>げる。	如果有地震的話就要逃跑。
	使役形	—。	—。
	命令形	幸<ruby>しあわせ</ruby>あれ。	要幸福。

動詞	活用	日語	中文
食べる	辞書形	餃子を食べる。	吃水餃。
	ます形	餃子を食べます。	吃水餃後去睡覺。
	て形	餃子を食べて寝ます。	吃水餃，睡覺。
	た形	昨日餃子を食べた。	昨天吃了水餃。
	ない形	朝は餃子を食べない。	早晨不吃水餃。
	可能形	横浜でも餃子が食べられる。	在橫濱也能吃到水餃。
	意向形	横浜で餃子を食べよう。	在橫濱吃水餃吧。
	受身形	太郎に餃子を食べられる。	被太郎吃了水餃。
	ば形	餃子を食べればお腹がいっぱいになる。	如果吃水餃的話，肚子會變得很飽
	使役形	花子に餃子を食べさせる。	讓花子吃水餃。
	命令形	早く餃子を食べろ。	趕快吃水餃。

Topic 23 必學句型370句

271

動詞	活用	日語	中文
見る	辞書形	映画を見る。	看電影。
	ます形	映画を見ます。	看電影。
	て形	映画を見て楽しむ。	看電影很享受。
	た形	昨日映画を見た。	昨天看了電影。
	ない形	今日は映画を見ない。	今天不看電影。
	可能形	飛行機で映画が見られる。	搭飛機時也可以看電影。
	意向形	映画を見よう。	看電影吧。
	受身形	太郎に見られる。	被太郎看見了。
	ば形	映画を見ればわかる。	如果看電影的話，就會了解了。
	使役形	花子に映画を見させる。	讓花子看電影。
	命令形	あの映画を見ろ。	看那場電影。

動詞	活用	日語	中文
教える	辭書形	花子に英語を教える。	教花子英語。
	ます形	花子に英語を教えます。	教花子英語。
	て形	花子に英語を教えて学費をもらいます。	教花子英語，得到了學費。
	た形	昨日花子に英語を教えた。	昨天教花子英語了。
	ない形	太郎に英語を教えない。	不教太郎英語。
	可能形	私は花子に英語を教えられる。	我會教花子英語。
	意向形	花子に英語を教えよう。	教花子英語吧。
	受身形	花子は先生に中国語を教えられる。	花子被老師教中文。
	ば形	花子に英語を教えれば彼女は喜びます。	如果教花子英語的話，她會感到高興。
	使役形	母は私に花子に英語を教えさせる。	母親讓我教花子英語。
	命令形	花子に英語を教えろ。	教花子英語。

動詞	活用	日語	中文
開ける	辞書形	窓を開ける。	打開窗。
	ます形	窓を開けます。	打開窗。
	て形	窓を開けて涼みます。	打開窗戶後覺得涼爽。
	た形	暑いので窓を開けた。	因為很熱，所以打開了窗戶。
	ない形	寒いので窓を開けない。	因為很冷，所以不打開窗戶。
	可能形	リモコンで窓を開けられる。	用搖控器就能打開窗戶。
	意向形	暑いので窓を開けよう。	因為很熱，所以打開窗戶吧。
	受身形	太郎に窓を開けられる。	被太郎打開了窗戶。
	ば形	窓を開ければ涼しい。	如果打開窗戶的話，會感到涼快。
	使役形	花子に窓を開けさせる。	讓花子打開窗戶。
	命令形	早く窓を開けろ。	趕快打開窗戶。

動詞	活用	日語	中文
いる	辭書形	家に犬がいる。	狗在家。
	ます形	家に犬がいます。	狗在家。
	て形	家に犬がいてやかましい。	狗在家吵鬧。
	た形	去年家に犬がいた。	去年還有狗在家。
	ない形	太郎の家に犬がいない。	狗已經不在太郎的家。
	可能形	父は犬が好きなので犬がいられる。	因為父親喜歡狗所以可以養狗。
	意向形	犬がいようがこわくない。	雖然有狗但不害怕。
	受身形	家に太郎にいられると困る。	如果太郎在家的話，會感到困擾。
	ば形	犬がいれば安心。	如果有狗的話，就會放心了。
	使役形	家に犬にいさせる。	讓狗在家。
	命令形	今日は家にいろ。	今天在家。

動詞	活用	日語	中文
着る	辞書形	服を着る。	穿衣服。
	ます形	服を着ます。	穿衣服。
	て形	服を着て外出します。	穿衣服之後就出門。
	た形	昨日雨でレインコートを着た。	昨天因為下雨所以穿了雨衣。
	ない形	今日は晴れでレインコートは着ない。	今天是晴天，不穿雨衣。
	可能形	この服は大きいので着られる。	因為這件衣服大，所以穿得下。
	意向形	新しい服を着よう。	穿新的衣服吧。
	受身形	太郎に私の服を着られる。	被太郎穿我的衣服了。
	ば形	新しい服を着れば嬉しい。	如果穿新的衣服的話，會感到高興。
	使役形	花子に綺麗な服を着させる。	讓花子穿漂亮的衣服。
	命令形	新しい服を着ろ。	穿新的衣服。

動詞	活用	日語	中文
する	辞書形	仕事をする。	工作。
	ます形	仕事をします。	工作。
	て形	仕事をしてお金を稼ぎます。	工作賺錢。
	た形	昨日八時まで仕事をした。	昨天工作到八點。
	ない形	今日は日曜日で仕事をしない。	今天是星期日不必工作。
	可能形	花子は中国語ができる。	花子會中文。
	意向形	いい仕事をしよう。	做好的工作吧。
	受身形	太郎に悪い仕事をされる。	被太郎做了不好的工作。
	ば形	仕事をすれば疲れます。	工作的話，就會感到疲累。
	使役形	花子に仕事をさせる。	讓花子工作。
	命令形	早く仕事をしろ。	趕快工作。

動詞	活用	日語	中文
来る	辞書形	花子が家に来る。	花子來家裡。
	ます形	花子が家に来ます。	花子來家裡。
	て形	花子が家に来て遊びます。	花子來家裡玩。
	た形	昨日花子が家に来た。	昨天花子來到家裡。
	ない形	今日は花子は家に来ない。	今天花子沒有來家裡。
	可能形	明日花子は家に来られる。	明天花子能來家裡。
	意向形	花子とまた映画を見に来よう。	會和花子再來看電影吧！
	受身形	太郎に家に来られる。	被太郎來家裡。
	ば形	花子が来れば一緒に遊びます。	如果花子來的話，就一起玩。
	使役形	花子に家に来させる。	讓花子來家裡。
	命令形	早く来い。	趕快來。

生活常用句

日語	中文
お元気ですか。	你好嗎？
御陰様で	託你的福，很好。
今日はいいお天気ですね。	今天天氣很好。
お出掛けですか。	要出門嗎？
いただきます。	我要開動了。
ごちそう様。	承蒙款待，謝謝。吃飽了。
お粗末でした。	粗茶淡飯，沒什麼啦。
いって来ます。	我出去一會兒。
行ってらっしゃい。	你出門啦，慢走。
ただいま。	我回來了。
お帰りなさい。	你回來了。
そうかも知れません。	說不定如此。
なるほど。	原來如此。
もちろんです。	當然了。
信じられません。	真不敢相信。

日語	中文
どうぞお楽に。	請別拘束！
気をつけて。	小心點。
ご都合はいかがですか。	方便嗎？
いつでも構いません。	什麼時候都可以。
ご親切さまでした。	謝謝你的好意。
どういたしまして。	不用客氣。
もっと急いでください。	請更快一點。
もっと安いのはありませんか。	沒有更便宜的嗎？
割引してくれませんか。	能不能打折？
窓を閉めてくださいませんか。	請關上窗戶好不好？
持ってきてください。	請拿來。
ご自由に。	隨便你！請隨意！
ちょっと静かにして。	安靜點。
ついてないなあ。	真倒楣。
何やってんの。	你在搞什麼鬼。

日語	中文
余計なお世話。	少管閒事。
気持ち悪い。	好噁心。
仕方がない。	沒辦法！
大丈夫。	沒問題。
考えが甘すぎます。	你的想法太天真了。
有り得ないことです。	不可能的事。
うそ。	騙人。
ほんと？	真的假的?
お邪魔します。	打擾了。
どうぞ、おかけください。	請坐。
いつもお世話になっております。	總是承蒙您的關照。
助けてください。	請幫個忙。
もう一度言ってください。	請再說一遍。
ちょっと教えてください。	請告訴我。
それは悪いですよ。	那怎麼好意思呢。

日語	中文
よく言いますねえ。	還好意思說。
まさか。	怎麼可能？
まったくもう。	真是的。
さすが……	不愧……
ものすごく楽しい。	快樂得不得了。
ものすごく腹が立つ。	氣死了。
お腹がぺこぺこ。	餓得不得了。
お腹がいっぱい。	吃飽了。
喉がからから。	渴得不得了。
お大事に	請多保重。
ちょっと試してみます。	試一下。
ちょっと数えます。	數一下。
ちょっと来てください。	來一下。
ちょっと考えます。	想一下。
どちらが好きですか。	喜歡哪一個呢？
どれにしましょうか。	要哪一個呢？

日語	中文
当ててみます。	猜一下。
気が合いません。	合不來。
割が合いません。	不划算。
話が合いません。	談不來。
とても気に入ってるんです。	挺滿意的。
気にしないでください。	請別在意！
相手にしないでいいよ。	別理他！
冷やかさないでよ。	別挖苦我了！
いじめないで下さい。	別欺負我了！
冗談よしてよ。	別開玩笑了！
暇があったら遊びに来てください。	有空來玩？
どうしたんですか。	怎麼回事？
遅れて、すみません。	對不起，我遲到了。
どういう風の吹き回し。	什麼風把你吹來！

Topic 23 必學句型 370 句

283

日語	中文
どういうご用件でしょうか。	有何貴事？
お手伝いしましょうか。	需要我幫忙嗎？
あなたの言う通りです。	你說得很有道理。
いつもの所で待っています。	在老地方等你。
もう間に合いません。	已經來不及了。
それは褒め過ぎです。	過獎了。
お久しぶりですね。	好久不見。
お忙しいところをありがとうございます。	百忙之中特意來接，非常感謝！
台湾に来た目的は？	來台灣的目的是什麼？
このたび日本に来ることができて、大変嬉しく思っています。	這次能來日本，感到很高興。
ご苦労様でした。	辛苦啦。

從國外來到日本發展的相撲力士們，他們的日語好得令人吃驚，那是因為他們處在一種不得不說日語的環境之中。

他們來到日本後，相撲房的「おかみさん」（女主人）從早上到晚上像母親一樣地教他們日語，當他們生活周遭中沒有人會自己國家語言的人時，為了生活，他們除了使用日語外，實在也沒有別的辦法。

為了學好日語，如能住在日本是最好不過了，但這是需要錢和時間的。

除此之外，大家還可以從以下其他的方法來提升自己的日語。

和日本人做朋友

如果你的生活周遭正好有日本人的話，就試著和他們成為朋友吧。如果是日本的女性，會是比較好的學習對象，為什麼呢？因為女性通常會說謹慎而正確的語言，她的發音也比較清楚。

如果日本朋友住的並不近，那就利用SKYPE和IMSN吧。

在Facebook網站能尋找到恰當的日本人來當朋友。

「語言交換」的方法也不錯。但是，因為對方的日本人也想學習中文，所以他們常常要求以中文來對話，如能使用日文是比較好的。

多看日本的電視劇或DVD

看DVD可以學習日常會話，當中也有一些年輕人的語言和敬語，重複地多看幾次，就可記住那個語感。而日語的卡拉ＯＫ也很有效，雖然歌詞的意思很難懂，卻可以學到道地的發

音。

 讀小說

即使小說中出現不明白的單字，也不用馬上使用字典，接著繼續往下讀吧。這樣的話可以學會習慣日語的構造（接續詞的用法、修飾語的用法）。如果出現很多次的語詞，大概就是關鍵字，就利用字典查查看它的意思吧！

附有CD的小說也非常有效。就可以利用「Shadowing（跟述）學習」配合CD的語音，自己也發出聲音讀吧。

 字典

平常要攜帶電子字典，如果有不懂卻想了解其意義的話，就可以馬上查閱。

電子字典必須買日本製的電子字典。因為台灣製的話，說明和例句很少。雖然日本製的字典中在中文字的部分普遍都是使用大陸的簡體字，多看幾次也就習慣了。

如果沒有電子字典，使用一般的字典的話，在查的單字的地方上貼Post-It（便利貼）是很有效。忘記的時候，就可以輕易地翻查了。

經常攜帶筆記本，隨時將看到和聽到的單字記下來。

如果你去日語的補習班上課，光是聽老師的說明是不夠的。

盡量事先多準備一些問題於課後問老師，這樣也可達到會話的練習。

 紅色記憶濾卡

在日本的地鐵或火車上常常會看到學生使用紅色記憶濾卡。放這個薄片在紅字上的話，就看不見書中的紅字。使用這種方法也可以有效地記憶單字和字句。

 到了日本的外國相撲選手，因從早到晚都是處在日語的環境下，也必須以日語和人溝通，日語當然會進步。

雖然我們無法像相撲選手一樣，每天從早到晚都處於只有說日語的生活中，但如能在每天午餐之後讀日語的小說，每天晚上10點上SKYPE和日本人的朋友聊天，長久下來，日語必然會進步。

即使已經買了日語書也讀了它，可別就以為已學完日語了，其實這樣還不夠，還要持續地每天學習，這是很重要的喔！

がんばってね！

中文日語大不同，字同但中日意思不相通

01
新聞（しんぶん）≠中文的【新聞】→ニュース；
【看新聞】→ニュースを見（み）る。
新聞（しんぶん）＝中文的【報紙】；【看報紙】→新聞を読（よ）む。

02
汽車（きしゃ）≠中文的【汽車】→自動車（じどうしゃ）；
【坐汽車】→自動車（じどうしゃ）に乗（の）る。
汽車（きしゃ）＝中文的【火車】；【坐火車】→汽車（きしゃ）に乗（の）る。

03
海運（かいうん）≠中文的【海運】→船便（ふなびん）；
【這包裹寄海運】→この荷物（にもつ）を船便（ふなびん）で出（だ）す。
海運（かいうん）＝中文的【海運事業】；
【海運事業發達】→海運事業（かいうんじぎょう）が盛（さか）んだ。

04
學長（がくちょう）≠中文的【學長】→先輩（せんぱい）；
【他是我學長】→彼（かれ）は私（わたし）の先輩（せんぱい）だ。
學長（がくちょう）＝中文的【校長、院長】；
【他是大學校長】→彼（かれ）は大学（だいがく）の学長（がくちょう）だ。

05
老婆（ろうば）≠中文的【老婆】→妻（つま）；
【她是我老婆】→彼女（かのじょ）は俺（おれ）の妻（つま）だ。
老婆（ろうば）＝中文的【老太婆】；
【那老太婆非常有精神】→あの老婆（ろうば）はとても元気（げんき）だ。

06
大家（おおや）≠中文的【大家】→皆（みな）；
【大家都很高興】→皆（みな）が喜（よろこ）んでいる。
大家（おおや）＝中文的【房東】；
【房東住附近】→大家（おおや）は近（ちか）くに住（す）んでいる。

附錄

289

07	講義≠中文的【講義】→プリント； 【借我看上課的講義】→授業のプリントを見せてください。 講義＝中文的【講解、授課】； 【聽日本史的課】→日本史の講義を聞く。
08	作業≠中文的【作業】→宿題；【寫作業】→宿題を書く。 作業＝中文的【工作】； 【提高工作效率】→作業の効率を上げる。
09	心中≠中文的【心中】→心の中； 【我心中有你】→心の中に君がいる。 心中＝中文的【殉情、集體自殺】； 【強迫一同自殺】→無理心中。
10	結局≠中文的【結局】→結末、結果； 【結局出人意料】→結末は予想外だった。 結局＝中文的【結果、究竟】； 【究竟誰是犯人？】→結局誰が犯人か分からなかった。
11	外人≠中文的【外人】→他人、家族以外の人； 【他不是外人】→彼は他人ではない。 外人＝中文的【外國人】； 【她是外國人】→彼女は外国人だ。
12	迷路≠中文的【迷路】→道に迷う； 【我迷路了】→道に迷った。 迷路＝中文的【迷宮、迷途】； 【陷入迷途】→迷路に陥る。

13

質問≠中文的【質問】→問い詰める；
　　　　【你不要質問我】→私を問い詰めないでよ。
質問＝中文的【問題】；
　　　　【可以問問題嗎？】→質問してもいいですか？

14

怪我≠中文的【怪我】→私のせいにする；
　　　　【不要怪我】→私のせいにしないで下さい。
怪我＝中文的【受傷】；
　　　　【腳受傷了】→足に怪我をした。

15

関心≠中文的【關心】→気を配る；
　　　　【關心他的安危】→彼の安否に気を配っている。
関心＝中文的【興趣】；
　　　　【對政治不感興趣】→政治に関心がない。

16

検討≠中文的【檢討】→反省する；
　　　　【檢討自己的錯誤】→自分の誤りを反省する。
検討＝中文的【研討、審核】；
　　　　【研討問題所在】→問題の所在を検討する。

17

交代≠中文的【交代】→引き継ぐ；
　　　　【交代工作】→仕事を引き継ぐ。
交代＝中文的【輪流、替換】；
　　【離輪班時間還有30分鐘】→交代時間までまだ30分ある。

18

喧嘩≠中文的【喧嘩】→騒がしい；
　　　　【請勿大聲喧嘩】→大声で話しをしないで下さい。
喧嘩＝中文的【吵架】；
　　　　【別吵了】→喧嘩をやめて！

常用自動詞、他動詞對照表

他動詞	自動詞
旗を上げる 升旗、把旗子升上去、舉旗	旗が上がる 旗上升
値段を下げる 把價格壓低	値段が下がる 降價
話を伝える 傳話	話が伝わる 流傳
お金を貯める 存錢	お金が貯まる 累積財富
色を変える 改變顏色	色が変わる 變色
部屋を暖める 把房間弄暖	部屋が暖まる 房間暖(了)
人を集める 召集人馬	人が集まる 人聚集一起
宿題を終える 做完作業	宿題が終わる 作業做完了
時間をかける 花時間	時間がかかる 花時間
仕事を決める 決定工作	仕事が決まる 工作決定(了)

他動詞	自動詞
ドアを閉める 關門、把門關上	ドアが閉まる 門關(了)
タクシーを止める 招計程車	タクシーが止まる 計程車停下來
授業を始める 開始上課	授業が始まる 課開始(了)
スプーンを曲げる 把湯匙弄彎	スプーンが曲がる 湯匙彎了
人気を広める 推廣人氣	人気が広まる 廣為人知
人を助ける 幫助人	人が助かる 人得救(了)
写真を写す 拍照	写真に写る 顯現在照片上
ゴミを散らかす 亂丟垃圾	ゴミが散らかる 垃圾零亂
アイデアを出す 想點子	アイデアが出る 點子浮現
病気を治す 治病	病気が治る 病癒
ボールを動かす 轉動球	ボールが動く 球轉動

他動詞	自動詞
荷物を落とす 丟落行李	荷物が落ちる 行李掉下
犯人を逃がす 讓犯人逃走	犯人が逃げる 犯人逃走
収入を増やす 增加收入	収入が増える 收入增加
お茶を冷やす 把茶拿去冰	お茶が冷える 茶冰涼(了)
落ち葉を燃やす 燃燒落葉	落ち葉が燃える 落葉燒起來了
心を揺らす 動搖人心	心が揺れる 人心動搖
電気を消す 關燈、把燈關掉	電気が消える 燈關(了)
服を乾かす 烘乾衣服	服が乾く 衣服乾(了)
子供を泣かす 弄哭小孩	子供が泣く 小孩哭(了)
水を沸かす 燒開水	水が沸く 水燒開(了)、水沸(了)
給料を減らす 減薪	給料が減る 薪水降低

他動詞	自動詞
事件を起こす 肇事、引起事件	事件が起こる 發生事件
席を開ける 空出位子	席が空く 位子空出
音を聞く 聽聲音	音が聞こえる 聽得到聲音
ビルを建てる 建造大廈	ビルが建つ 大廈建立
電信柱を立てる 豎立電線桿	電信柱が立つ 電線桿豎立
書類を届ける 寄文件	書類が届く 文件寄達
話を続ける 繼續話題	話が続く 話題持續
山を見る 看山	山が見える 看得見山、看到山
子供を寝かせる 讓(哄)孩子去睡	子供が寝る 孩子睡(了)

「学年別漢字配当表」

俗稱「教育漢字」，此乃日本6年制小學學年內指定要學習的漢字。

年級	漢字	讀法（片假名：表音讀；平假名：表訓讀）「・」的後面是送假名					
1	一	イチ	イツ	ひと・つ			
1	右	ウ	ユウ	みぎ			
1	雨	ウ	あめ	あま			
1	円	エン	まる・い				
1	王	オウ					
1	音	オン	おと	ね			
1	下	カ	ゲ	した	しも	さ・がる	くだ・る お・りる
1	火	カ	ひ				
1	花	カ	はな				
1	貝	かい					
1	学	ガク	まな・ぶ				
1	気	キ	ケ				
1	九	キュウ	ク	ここの・つ			
1	休	キュウ	やす・む				
1	玉	ギョク	たま				
1	金	キン	コン	かね	かな		
1	空	クウ	そら	あ・く	から		
1	月	ゲツ	ガツ	つき			
1	犬	ケン	いぬ				
1	見	ケン	み・る				
1	五	ゴ	いつ	いつ・つ			
1	口	コウ	ク	くち			
1	校	コウ					

年級	漢字	讀法（片假名：表音讀；平假名：表訓讀）「‧」的後面是送假名					
1	左	サ	ひだり				
1	三	サン	み	みっ‧つ			
1	山	サン	やま				
1	子	シ	こ				
1	四	シ	よん	よっ‧つ			
1	糸	シ	いと				
1	字	ジ	あざ				
1	耳	ジ	みみ				
1	七	シチ	なな	なの			
1	車	シャ	くるま				
1	手	シュ	て				
1	十	ジュウ ジッ	とお	と			
1	出	シュツ	で‧る	だ‧す			
1	女	ジョ ニョ	おんな				
1	小	ショウ	ちい‧さい	こ	お		
1	上	ジョウ	うえ	かみ	あ‧げる	のぼ‧る	
1	森	シン	もり				
1	人	ジン ニン	ひと				
1	水	スイ	みず				
1	正	セイ ショウ	ただ‧しい	まさ			
1	生	セイ ショウ	い‧きる	う‧む	は‧える	なま	
1	青	セイ ショウ	あお				
1	夕	セキ	ゆう				
1	石	セキ シャク	いし				
1	赤	セキ シャク	あか				
1	千	セン	ち				
1	川	セン	かわ				

年級	漢字	讀法（片假名：表音讀；平假名：表訓讀）「・」的後面是送假名			
1	先	セン	さき		
1	早	ソウ	はや・い		
1	草	ソウ	くさ		
1	足	ソク	あし	た・りる	
1	村	ソン	むら		
1	大	ダイ	タイ	おお・きい	
1	男	ダン	ナン	おとこ	
1	竹	チク	たけ		
1	中	チュウ	なか		
1	虫	チュウ	むし		
1	町	チョウ	まち		
1	天	テン	あま		
1	田	デン	た		
1	土	ド	ト	つち	
1	二	ニ	ふた・つ		
1	日	ニチ	ジツ	ひ	か
1	入	ニュウ	い・れる	はい・る	
1	年	ネン	とし		
1	白	ハク	ビャク	しろ・い	しら
1	八	ハチ	やっ・つ		
1	百	ヒャク			
1	文	ブン	モン	あや	
1	木	ボク	モク	き	こ
1	本	ホン	もと		
1	名	メイ	ミョウ	な	
1	目	モク	ボク	め	ま
1	立	リツ	リュウ	た・つ	

年級	漢字	讀法（片假名：表音讀；平假名：表訓讀）「・」的後面是送假名				
1	力	リョク リキ	ちから			
1	林	リン	はやし			
1	六	ロク	むっ・つ	む	むい	
2	引	イン	ひ・く	ひ・ける		
2	羽	ウ	は	はね		
2	雲	ウン	くも			
2	園	エン	その			
2	遠	エン オン	とお・い			
2	何	カ	なに	なん		
2	科	カ				
2	夏	カ ゲ	なつ			
2	家	カ ケ	いえ	うち	や	
2	歌	カ	うた	うた・う		
2	画	ガ カク				
2	回	カイ	まわ・る			
2	会	カイ エ	あ・う			
2	海	カイ	うみ			
2	絵	カイ エ				
2	外	ガイ ゲ	そと	ほか	はず・す	
2	角	カク	かど	つの		
2	楽	ガク ラク	たの・しい			
2	活	カツ	い・きる			
2	間	カン ケン	あいだ	ま		
2	丸	ガン	まる・い			
2	岩	ガン	いわ			
2	顔	ガン	かお			
2	汽	キ				

附錄

年級	漢字	讀法（片假名：表音讀；平假名：表訓讀）「・」的後面是送假名					
2	記	キ	しる・す				
2	帰	キ	かえ・る				
2	弓	キュウ	ゆみ				
2	牛	ギュウ	うし				
2	魚	ギョ	うお	さかな			
2	京	キョウ	ケイ				
2	強	キョウ	ごう	つよ・い			
2	教	キョウ	おし・える	おそ・わる			
2	近	キン	ちか・い				
2	兄	ケイ	キョウ	あに			
2	形	ケイ	ギョウ	かた	かたち		
2	計	ケイ	はか・る				
2	元	ゲン	ガン	もと			
2	言	ゲン	ゴン	い・う	こと		
2	原	ゲン	はら				
2	戸	コ	と				
2	古	コ	ふる・い				
2	午	ゴ					
2	後	ゴ	コウ	のち	うしろ	あと	
2	語	ゴ	かた・る				
2	工	コウ	ク				
2	公	コウ	おおやけ				
2	広	コウ	ひろ・い				
2	交	コウ	まじ・わる	ま・じる			
2	光	コウ	ひか・る	ひかり			
2	考	コウ	かんが・える				

年級	漢字	讀法（片假名：表音讀；平假名：表訓讀）「・」的後面是送假名				
2	行	コウ	ギョウ	い・く	ゆ・く	おこな・う
2	高	コウ	たか・い			
2	黄	コウ	オウ	き		
2	合	ゴウ	ガッ	カッ	あ・う	
2	谷	コク	たに			
2	国	コク	くに			
2	黒	コク	くろ			
2	今	コン	キン	いま		
2	才	う	さい	サイ		
2	細	サイ	ほそ・い	こま・かい		
2	作	サク	サ	つく・る		
2	算	サン				
2	止	シ	と・める			
2	市	シ	いち			
2	矢	シ	や			
2	姉	シ	あね			
2	思	シ	おも・う			
2	紙	シ	かみ			
2	寺	ジ	てら			
2	自	ジ	シ	みずか・ら		
2	時	ジ	とき			
2	室	シツ	むろ			
2	社	シャ	やしろ			
2	弱	ジャク	よわ・い			
2	首	シュ	くび			
2	秋	シュウ	あき			
2	週	シュウ				

年級	漢字	讀法（片假名：表音讀；平假名：表訓讀）「・」的後面是送假名					
2	春	シュン	はる				
2	書	ショ	か・く				
2	少	ショウ	すく・ない	すこ・し			
2	場	ジョウ	ば				
2	色	ショク シキ	いろ				
2	食	ショク	く・う	た・べる			
2	心	シン	こころ				
2	新	シン	あたら・しい	あら・た			
2	親	シン	おや	した・しい			
2	図	ズ ト	はか・る				
2	数	スウ	かず	かぞ・える			
2	西	セイ サイ	にし				
2	声	セイ ショウ	こえ				
2	星	セイ	ほし				
2	晴	セイ	は・れる				
2	切	セツ	き・る				
2	雪	セツ	ゆき				
2	船	セン	ふね	ふな			
2	線	セン	ぜん				
2	前	ゼン	まえ				
2	組	ソ	くみ	く・む			
2	走	ソウ	はし・る				
2	多	タ	おお・い				
2	太	タイ タ	ふと・い				
2	体	タイ テイ	からだ				
2	台	ダイ タイ					

年級	漢字	讀法（片假名：表音讀；平假名：表訓讀）「‧」的後面是送假名			
2	地	チ	ジ		
2	池	チ	いけ		
2	知	チ	し‧る		
2	茶	チャ	サ		
2	昼	チュウ	ひる		
2	長	チョウ	なが‧い		
2	鳥	チョウ	とり		
2	朝	チョウ	あさ		
2	直	チョク	ジキ	ただ‧ちに	なお‧す
2	通	ツウ	とお‧る	かよ‧う	
2	弟	テイ	ダイ	おとうと	
2	店	テン	みせ		
2	点	テン			
2	電	デン			
2	刀	トウ	かたな		
2	冬	トウ	ふゆ		
2	当	トウ	あ‧たる		
2	東	トウ	ひがし		
2	答	トウ	こた‧える		
2	頭	トウ	ズ	あたま	かしら
2	同	ドウ	おな‧じ		
2	道	ドウ	トウ	みち	
2	読	ドク	トク	トウ	よ‧む
2	内	ナイ	ダイ	うち	
2	南	ナン	みなみ		
2	肉	ニク			
2	馬	バ	うま		

附錄

年級	漢字	讀法（片假名：表音讀；平假名：表訓讀）「・」的後面是送假名						
2	売	バイ	う・る					
2	買	バイ	か・う					
2	麦	バク	むぎ					
2	半	ハン	なか・ば					
2	番	バン						
2	父	フ	ちち					
2	風	フウ	フ	かぜ	かざ			
2	分	ブン	フン	ブ	わ・ける			
2	聞	ブン	モン	き・く				
2	米	ベイ	マイ	こめ				
2	歩	ホ	ある・く	あゆ・む				
2	母	ボ	はは					
2	方	ホウ	かた					
2	北	ホク	きた					
2	毎	マイ						
2	妹	マイ	いもうと					
2	万	マン	バン					
2	明	メイ	ミョウ	あか・るい	あき・らか	あ・ける		
2	鳴	メイ	な・く	な・る				
2	毛	モウ	け					
2	門	モン	かど					
2	夜	ヤ	よ	よる				
2	野	ヤ	の					
2	友	ユウ	とも					
2	用	ヨウ	もち・いる					
2	曜	ヨウ						
2	来	ライ	き・たる	く・る	こ・い			

年級	漢字	讀法（片假名：表音讀；平假名：表訓讀）「‧」的後面是送假名					
2	里	リ	さと				
2	理	リ					
2	話	ワ	はな‧す	はなし			
3	悪	アク	わる‧い				
3	安	アン	やす‧い				
3	暗	アン	くら‧い				
3	医	イ					
3	委	イ					
3	意	イ					
3	育	イク	そだ‧つ				
3	員	イン					
3	院	イン					
3	飲	イン	の‧む				
3	運	ウン	はこ‧ぶ				
3	泳	エイ	およ‧ぐ				
3	駅	エキ					
3	央	オウ					
3	横	オウ	よこ				
3	屋	オク	や				
3	温	オン	あたた‧か い				
3	化	カ ケ	ば‧ける				
3	荷	カ	に				
3	界	カイ					
3	開	カイ	ひら‧く	あ‧ける			
3	階	カイ					
3	寒	カン	さむ‧い				

年級	漢字	讀法（片假名：表音讀；平假名：表訓讀）「‧」的後面是送假名					
3	感	カン					
3	漢	カン					
3	館	カン					
3	岸	ガン	きし				
3	起	キ	お‧きる				
3	期	キ					
3	客	キャク	カク				
3	究	キュウ	きわ‧める				
3	急	キュウ	いそ‧ぐ				
3	級	キュウ					
3	宮	キュウ	みや				
3	球	キュウ	たま				
3	去	キョ	コ	さ‧る			
3	橋	キョウ	はし				
3	業	ギョウ	ゴウ	わざ			
3	曲	キョク	ま‧げる				
3	局	キョク					
3	銀	ギン					
3	区	ク					
3	苦	ク	くる‧しい	にが‧い			
3	具	グ					
3	君	クン	きみ				
3	係	ケイ	かか‧る	かか‧り			
3	軽	ケイ	かる‧い				
3	血	けつ	ち				
3	決	ケツ	き‧まる				
3	研	ケン	と‧ぐ				

年級	漢字	讀法（片假名：表音讀；平假名：表訓讀）「・」的後面是送假名			
3	県	ケン			
3	庫	コ　ク			
3	湖	コ	みずうみ		
3	向	コウ	む・く		
3	幸	コウ	さいわ・い	しあわ・せ	
3	港	コウ	みなと		
3	号	ゴウ			
3	根	コン	ね		
3	祭	サイ	まつ・り		
3	皿	さら			
3	仕	シ	つか・える		
3	死	シ	し・ぬ		
3	使	シ	つか・う		
3	始	シ	はじ・める		
3	指	シ	ゆび	さ・す	
3	歯	シ	は		
3	詩	シ			
3	次	ジ	シ	つぎ	
3	事	ジ	こと		
3	持	ジ	も・つ		
3	式	シキ			
3	実	ジツ	み	みの・る	
3	写	シャ	うつ・す		
3	者	シャ	もの		
3	主	シュ	ぬし	おも	
3	守	シュ　ス	まも・る		
3	取	シュ	と・る		

年級	漢字	讀法（片假名：表音讀；平假名：表訓讀）「・」的後面是送假名					
3	酒	シュ	さけ	さか			
3	受	ジュ	う・ける				
3	州	シュウ	す				
3	拾	シュウ	ひろ・う				
3	終	シュウ	お・わる				
3	習	シュウ	なら・う				
3	集	シュウ	あつ・まる				
3	住	ジュウ	す・む				
3	重	ジュウ	チョウ	おも・い	かさ・ねる		
3	宿	シュク	やど				
3	所	ショ	ところ				
3	暑	ショ	あつ・い				
3	助	ジョ	たす・ける				
3	昭	ショウ					
3	消	ショウ	き・える	け・す			
3	商	ショウ	あきな・う				
3	章	ショウ					
3	勝	ショウ	か・つ				
3	乗	ジョウ	の・る				
3	植	ショク	う・える				
3	申	シン	もう・す				
3	身	シン	み				
3	神	シン	ジン	かみ			
3	真	シン	ま				
3	深	シン	ふか・い				
3	進	シン	すす・む				
3	世	セイ	セ	よ			

年級	漢字	讀法（片假名：表音讀；平假名：表訓讀）「‧」的後面是送假名			
3	整	せい	セイ	ととの‧える	
3	昔	セキ	シャク	むかし	
3	全	ゼン	まった‧く		
3	相	ソウ	あい		
3	送	ソウ	おく‧る		
3	想	ソウ	おも‧う		
3	息	ソク	いき		
3	速	ソク	はや‧い		
3	族	ゾク			
3	他	タ	ほか		
3	打	ダ	う‧つ		
3	対	タイ	ツイ		
3	待	タイ	ま‧つ		
3	代	ダイ	タイ	か‧わる	よ
3	第	ダイ			
3	題	ダイ			
3	炭	タン	すみ		
3	短	タン	みじか‧い		
3	談	ダン			
3	着	チャク	き‧る	つ‧く	
3	注	チュウ	そそ‧ぐ		
3	柱	チュウ	はしら		
3	丁	チョウ	テイ		
3	帳	チョウ			
3	調	チョウ	しら‧べる	ととの‧える	

年級	漢字	讀法（片假名：表音讀；平假名：表訓讀）「・」的後面是送假名					
3	追	ツイ	お・う				
3	定	テイ	ジョウ	さだ・める			
3	庭	テイ	にわ				
3	笛	テキ	ふえ				
3	鉄	テツ					
3	転	テン	ころ・がる				
3	都	ト	ツ	みやこ			
3	度	ド	ト	タク	たび		
3	投	トウ	な・げる				
3	豆	トウ	ズ	まめ			
3	島	トウ	しま				
3	湯	トウ	ゆ				
3	登	トウ	ト	のぼ・る			
3	等	トウ	ひと・しい				
3	動	ドウ	うご・く				
3	童	ドウ	わらべ				
3	農	ノウ					
3	波	ハ	なみ				
3	配	ハイ	くば・る				
3	倍	バイ					
3	箱	はこ					
3	畑	はた	はたけ				
3	発	ハツ	ホツ				
3	反	ハン	タン	そ・る			
3	坂	ハン	さか				
3	板	ハン	バン	いた			
3	皮	ヒ	かわ				

年級	漢字	讀法（片假名：表音讀；平假名：表訓讀）「‧」的後面是送假名						
3	悲	ヒ	かな‧しい					
3	美	ビ	うつく‧し い					
3	鼻	ビ	はな					
3	筆	ヒツ	ふで					
3	氷	ヒョウ	こおり					
3	表	ヒョウ	おもて	あらわ‧す				
3	秒	ビョウ						
3	病	ビョウ	やまい					
3	品	ヒン	しな					
3	負	フ	ま‧ける	お‧う				
3	部	ブ						
3	服	フク						
3	福	フク						
3	物	ブツ	モツ	もの				
3	平	ヘイ	ビョウ	たい‧ら	ひら			
3	返	ヘン	かえ‧す					
3	勉	ベン						
3	放	ホウ	はな‧す					
3	味	ミ	あじ					
3	命	メイ	ミョウ	いのち				
3	面	メン	おもて	つら				
3	問	モン	とい	と‧う	とん			
3	役	ヤク	エキ					
3	薬	ヤク	くすり					
3	由	ユ	ユウ	よし				
3	油	ユ	あぶら					

年級	漢字	讀法（片假名：表音讀；平假名：表訓讀）「・」的後面是送假名						
3	有	ユウ	あ・る					
3	遊	ユウ	あそ・ぶ					
3	予	ヨ	あらかじ・め					
3	羊	ヨウ	ひつじ					
3	洋	ヨウ						
3	葉	ヨウ	は					
3	陽	ヨウ						
3	様	ヨウ	さま					
3	落	ラク	お・ちる					
3	流	リュウ ル		なが・れる				
3	旅	リョ	たび					
3	両	リョウ						
3	緑	リョク ロク		みどり				
3	礼	レイ ライ						
3	列	レツ						
3	練	レン	ね・る					
3	路	ロ	じ					
3	和	ワ	やわ・らぐ	なご・む				
4	愛	アイ						
4	案	アン						
4	以	イ	もっ・て					
4	衣	イ	ころも					
4	位	イ	くらい					
4	囲	イ	かこ・む					
4	胃	イ						
4	印	イン	しるし					

年級	漢字	讀法（片假名：表音讀；平假名：表訓讀）「・」的後面是送假名					
4	英	エイ					
4	栄	エイ	さか・える	は・える			
4	塩	エン	しお				
4	億	オク					
4	加	カ	くわ・える				
4	果	カ	は・たす				
4	貨	カ					
4	課	カ					
4	芽	ガ	メ				
4	改	カイ	あらた・める				
4	械	カイ					
4	害	ガイ					
4	街	ガイ	まち				
4	各	カク	おの・おの				
4	覚	カク	おぼ・える	さ・ます			
4	完	カン					
4	官	カン					
4	管	カン	くだ				
4	関	カン	せき				
4	観	カン					
4	願	ガン	ねが・う				
4	希	キ					
4	季	キ					
4	紀	キ					
4	喜	キ	よろこ・ぶ				
4	旗	キ	はた				

年級	漢字	讀法（片假名：表音讀；平假名：表訓讀）「‧」的後面是送假名						
4	器	キ	うつわ					
4	機	キ	はた					
4	議	ギ						
4	求	キュウ	もと‧める					
4	泣	キュウ	な‧く					
4	救	キュウ	すく‧う					
4	給	キュウ						
4	挙	キョ	あ‧げる					
4	漁	ギョ	りょう					
4	共	キョウ	とも					
4	協	キョウ						
4	鏡	キョウ	かがみ					
4	競	キョウ	ケイ	きそ‧う				
4	極	キョク	ごく	きわ‧める				
4	訓	クン						
4	軍	グン						
4	郡	グン						
4	径	ケイ						
4	型	ケイ	かた					
4	景	ケイ						
4	芸	ゲイ						
4	欠	ケツ	か‧ける					
4	結	ケツ	むす‧ぶ					
4	建	ケン	た‧てる					
4	健	ケン	すこ‧やか					
4	験	ケン	ゲン					
4	固	コ	かた‧める	かた‧い				

年級	漢字	讀法（片假名：表音讀；平假名：表訓讀）「‧」的後面是送假名			
4	功	コウ	ク		
4	好	コウ	この‧む	す‧く	
4	候	コウ			
4	航	コウ			
4	康	コウ			
4	告	コク	つ‧げる		
4	差	サ	さ‧す		
4	菜	サイ	な		
4	最	サイ	もっとも		
4	材	ザイ			
4	昨	サク			
4	札	サツ	ふだ		
4	刷	サツ	す‧る		
4	殺	サツ	セツ	ころ‧す	
4	察	サツ			
4	参	サン	まい‧る		
4	産	サン	う‧む		
4	散	サン	ち‧る		
4	残	ザン	のこ‧る		
4	士	シ			
4	氏	シ	うじ		
4	史	シ			
4	司	シ			
4	試	シ	こころ‧みる	ため‧す	
4	児	ジ			
4	治	ジ	チ	おさ‧める	なお‧す

年級	漢字	讀法（片假名：表音讀；平假名：表訓讀）「・」的後面是送假名					
4	辞	ジ	や・める				
4	失	シツ	うしな・う				
4	借	シャク	か・りる				
4	種	シュ	たね				
4	周	シュウ	まわ・り				
4	祝	シュク	いわ・う				
4	順	ジュン					
4	初	ショ	はじ・め	はつ			
4	松	ショウ	まつ				
4	笑	ショウ	わら・う				
4	唱	ショウ	とな・える				
4	焼	ショウ	や・く				
4	象	ショウ	ゾウ				
4	照	ショウ	て・らす				
4	賞	ショウ					
4	臣	シン	ジン				
4	信	シン					
4	成	セイ	ジョウ	な・る			
4	省	セイ	ショウ	はぶ・く			
4	清	セイ	ショウ	きよ・い			
4	静	セイ	ジョウ	しず・か			
4	席	セキ					
4	積	セキ	つ・む				
4	折	セツ	お・る				
4	節	セツ	ふし				
4	説	セツ	と・く				
4	浅	セン	あさ・い				

年級	漢字	讀法（片假名：表音讀；平假名：表訓讀）「・」的後面是送假名			
4	戦	セン	いくさ	たたか・う	
4	選	セン	えら・ぶ		
4	然	ゼン	ネン	しか・し	
4	争	ソウ	あらそ・う		
4	倉	ソウ	くら		
4	巣	ソウ	す		
4	束	ソク	たば		
4	側	ソク	がわ	かわ	
4	続	ゾク	つづ・く		
4	卒	ソツ			
4	孫	ソン	まご		
4	帯	タイ	お・びる	おび	
4	隊	タイ			
4	達	タツ	たち		
4	単	タン			
4	置	チ	お・く		
4	仲	チュウ	なか		
4	貯	チョ			
4	兆	チョウ	きざ・し		
4	腸	チョウ			
4	低	テイ	ひく・い		
4	底	テイ	そこ		
4	停	テイ	と・まる		
4	的	テキ	まと		
4	典	テン			
4	伝	デン	つた・える		
4	徒	ト			

年級	漢字	讀法（片假名：表音讀；平假名：表訓讀）「‧」的後面是送假名					
4	努	ド	つと・める				
4	灯	トウ	ひ				
4	堂	ドウ					
4	働	ドウ	はたら・く				
4	特	トク					
4	得	トク	え・る	う・る			
4	毒	ドク					
4	熱	ネツ	あつ・い				
4	念	ネン					
4	敗	ハイ	やぶ・れる				
4	梅	バイ	うめ				
4	博	ハク	ばく				
4	飯	ハン	めし				
4	飛	ヒ	と・ぶ				
4	費	ヒ	つい・やす				
4	必	ヒツ	かなら・ず				
4	票	ヒョウ					
4	標	ヒョウ					
4	不	フ					
4	夫	フ	フウ	おっと			
4	付	フ	つ・ける				
4	府	フ					
4	副	フク					
4	粉	フン	コ	こな			
4	兵	ヘイ	ヒョウ				
4	別	ベツ	わか・れる				
4	辺	ヘン	あた・り	べ			

年級	漢字	讀法（片假名：表音讀；平假名：表訓讀）「‧」的後面是送假名			
4	変	ヘン	か‧わる		
4	便	ビン	ベン	たよ‧り	
4	包	ホウ	つつ‧む		
4	法	ホウ			
4	望	ボウ	モウ	のぞ‧む	
4	牧	ボク	まき		
4	末	マツ	すえ		
4	満	マン	み‧たす		
4	未	ミ	いま‧だ		
4	脈	ミャク			
4	民	ミン	たみ		
4	無	ム	ブ	な‧い	
4	約	ヤク			
4	勇	ユウ	いさ‧む		
4	要	ヨウ	い‧る		
4	養	ヨウ	やしな‧う		
4	浴	ヨク	あ‧びる		
4	利	リ	き‧く		
4	陸	りく			
4	良	リョウ	よ‧い		
4	料	リョウ			
4	量	リョウ	はか‧る		
4	輪	リン	わ		
4	類	ルイ	たぐい		
4	令	レイ			
4	冷	レイ	つめ‧たい	ひ‧える	さ‧ます
4	例	レイ	たと‧える		

年級	漢字	讀法（片假名：表音讀；平假名：表訓讀）「‧」的後面是送假名					
4	歴	レキ					
4	連	レン	つ‧れる	つら‧なる			
4	老	ロウ	お‧いる	ふ‧ける			
4	労	ロウ					
4	録	ロク					
5	圧	アツ					
5	移	イ	うつ‧る				
5	因	イン	よ‧る				
5	永	エイ	なが‧い				
5	営	エイ	いとな‧む				
5	衛	エイ					
5	易	エキ	イ	やさ‧しい			
5	益	エキ	ヤク				
5	液	エキ					
5	演	エン					
5	応	オウ	こた‧える				
5	往	オウ					
5	桜	オウ	さくら				
5	恩	オン					
5	可	カ					
5	仮	カ	ケ	かり			
5	価	カ	あたい				
5	河	カ	かわ				
5	過	カ	す‧ごす	あやま‧ち			
5	賀	ガ					
5	快	カイ	こころよ‧い				

年級	漢字	讀法（片假名：表音讀；平假名：表訓讀）「‧」的後面是送假名					
5	解	カイ	ゲ	と‧く			
5	格	カク	コウ				
5	確	カク	たし‧かめる				
5	額	ガク	ひたい				
5	刊	カン					
5	幹	カン	みき				
5	慣	カン	な‧れる				
5	眼	ガン	まなこ				
5	基	キ	もと				
5	寄	キ	よ‧る				
5	規	キ					
5	技	ギ	わざ				
5	義	ギ					
5	逆	ギャク	さか‧らう				
5	旧	キュウ					
5	久	キュウ	ひさ‧しい				
5	居	キョ	い‧る				
5	許	きょ	ゆる‧す				
5	境	キョウ	ケイ	さかい			
5	均	キン					
5	禁	キン					
5	句	ク					
5	群	グン	むれ‧る	むら‧がる			
5	経	ケイ	キョウ	へ‧る			
5	潔	ケツ	いさぎよ‧い				

年級	漢字	讀法（片假名：表音讀；平假名：表訓讀）「・」的後面是送假名				
5	件	ケン	くだん			
5	券	ケン				
5	険	ケン	けわ・しい			
5	検	ケン				
5	限	ゲン	かぎ・る			
5	現	ゲン	あらわ・れる	あらわ・す		
5	減	ゲン	へ・る			
5	故	コ	ゆえ			
5	個	コ				
5	護	ゴ				
5	効	コウ	き・く			
5	厚	コウ	あつ・い			
5	耕	コウ	たがや・す			
5	鉱	コウ				
5	構	コウ	かま・える			
5	興	コウ	キョウ	おこ・す		
5	講	コウ				
5	混	コン	ま・じる			
5	査	サ				
5	再	サイ	サ	ふたた・び		
5	災	サイ	わざわい			
5	妻	サイ	つま			
5	採	サイ	と・る			
5	際	サイ	きわ			
5	在	ザイ	あ・る			
5	財	ザイ	サイ			

年級	漢字	讀法（片假名：表音讀；平假名：表訓讀）「‧」的後面是送假名			
5	罪	ザイ	つみ		
5	雑	ザツ	ゾウ		
5	酸	サン	す‧い		
5	賛	サン			
5	支	シ	ささ‧える		
5	志	シ	こころざし	こころざ‧す	
5	枝	シ	えだ		
5	師	シ			
5	資	シ			
5	飼	シ	か‧う		
5	示	ジ	シ	しめ‧す	
5	似	ジ	に‧る		
5	識	シキ			
5	質	シツ	シチ		
5	舎	シャ			
5	謝	シャ	あやま‧る		
5	授	ジュ	さず‧かる		
5	修	シュウ	シュ	おさ‧める	
5	述	ジュツ	の‧べる		
5	術	ジュツ	すべ		
5	準	ジュン			
5	序	ジョ			
5	招	ショウ	まね‧く		
5	承	ショウ			
5	証	ショウ			
5	条	ジョウ			

附

錄

323

年級	漢字	讀法（片假名：表音讀；平假名：表訓讀）「・」的後面是送假名				
5	状	ジョウ				
5	常	ジョウ	つね			
5	情	ジョウ	なさ・け			
5	織	ショク	シキ	お・る		
5	職	ショク				
5	制	セイ				
5	性	セイ	ショウ			
5	政	セイ	ショウ	まつりごと		
5	勢	セイ	いきお・い			
5	精	セイ	ショウ			
5	製	セイ				
5	税	ゼイ				
5	責	セキ	せ・める			
5	績	セキ				
5	接	セツ	つ・ぐ			
5	設	セツ	もう・ける			
5	舌	ゼツ	した			
5	絶	ゼツ	た・える			
5	銭	セン	ぜに			
5	祖	ソ				
5	素	ソ	ス	もと		
5	総	ソウ				
5	造	ゾウ	つく・る			
5	像	ゾウ				
5	増	ゾウ	ま・す	ふ・える		
5	則	ソク				
5	測	ソク	はか・る			

年級	漢字	讀法（片假名：表音讀；平假名：表訓讀）「‧」的後面是送假名
5	属	ゾク
5	率	リツ　ソツ　　　ひき‧いる
5	損	ソン　そこ‧なう
5	退	タイ　しりぞ‧く
5	貸	タイ　か‧す
5	態	タイ
5	団	ダン　トン
5	断	ダン　た‧つ
5	築	チク　きず‧く
5	張	チョウ　は‧る
5	提	テイ　さ‧げる
5	程	テイ　ほど
5	適	テキ
5	敵	テキ　かたき
5	統	トウ　す‧べる
5	銅	ドウ
5	導	ドウ　みちび‧く
5	徳	トク
5	独	ドク　ひと‧り
5	任	ニン　まか‧せる
5	燃	ネン　も‧える
5	能	ノウ
5	破	ハ　やぶ‧る
5	犯	ハン　おか‧す
5	判	ハン　バン
5	版	ハン
5	比	ヒ　くら‧べる

附錄

年級	漢字	讀法（片假名：表音讀；平假名：表訓讀）「・」的後面是送假名					
5	肥	ヒ	こ・える				
5	非	ヒ	あら・ず				
5	備	ビ	そな・える				
5	俵	ヒョウ	たわら				
5	評	ヒョウ					
5	貧	ヒン	ビン	まず・しい			
5	布	フ	ぬの				
5	婦	フ					
5	富	フ	と・む	とみ			
5	武	ブ	ム				
5	復	フク					
5	複	フク					
5	仏	ブツ	ほとけ				
5	編	ヘン	あ・む				
5	弁	ベン					
5	保	ホ	たも・つ				
5	墓	ボ	はか				
5	報	ホウ	むく・いる				
5	豊	ホウ	ゆた・か				
5	防	ボウ	ふせ・ぐ				
5	貿	ボウ					
5	暴	ボウ	バク	あば・れる			
5	務	ム	つと・める				
5	夢	ム	ゆめ				
5	迷	メイ	まよ・う				
5	綿	メン	わた				
5	輸	ユ					

年級	漢字	讀法（片假名：表音讀；平假名：表訓讀）「‧」的後面是送假名		
5	余	ヨ	あま‧る	
5	預	ヨ	あず‧ける	
5	容	ヨウ		
5	略	リャク		
5	留	リュウ ル	と‧まる	
5	領	リョウ		
6	異	イ	こと‧なる	
6	遺	イ	ユイ	
6	域	イキ		
6	宇	ウ		
6	映	エイ	うつ‧る	は‧える
6	延	エン	の‧びる	
6	沿	エン	そ‧う	
6	我	ガ	われ	
6	灰	カイ	はい	
6	拡	カク		
6	革	カク	かわ	
6	閣	カク		
6	割	カツ	わ‧る	
6	株	かぶ		
6	干	カン	ほ‧す	
6	巻	カン	まき	ま‧く
6	看	カン		
6	簡	カン		
6	危	キ	あぶ‧ない	
6	机	キ	つくえ	
6	揮	キ		

年級	漢字	讀法（片假名：表音讀；平假名：表訓讀）「・」的後面是送假名						
6	貴	キ	たっと・い	とうと・い				
6	疑	ギ	うたが・う					
6	吸	キュウ	す・う					
6	供	キョウ	ク		そな・える	とも		
6	胸	キョウ	むね					
6	郷	キョウ	ゴウ					
6	勤	キン	ゴン		つと・める			
6	筋	キン	すじ					
6	系	ケイ						
6	敬	ケイ	うやま・う					
6	警	ケイ						
6	劇	ゲキ						
6	激	ゲキ	はげ・しい					
6	穴	ケツ	あな					
6	絹	ケン	きぬ					
6	権	ケン	ゴン					
6	憲	ケン						
6	源	ゲン	みなもと					
6	厳	ゲン	ゴン		おごそ・か	きび・しい		
6	己	コ	キ		おのれ			
6	呼	コ	よ・ぶ					
6	誤	ゴ	あやま・る					
6	后	コウ						
6	孝	コウ						
6	皇	コウ	オウ					
6	紅	コウ	べに		くれない			
6	降	コウ	お・りる	ふ・る				

年級	漢字	讀法（片假名：表音讀；平假名：表訓讀）「・」的後面是送假名					
6	鋼	コウ	はがね				
6	刻	コク	きざ・む				
6	穀	コク					
6	骨	コツ	ほね				
6	困	コン	こま・る				
6	砂	サ	シャ	すな			
6	座	ザ	すわ・る				
6	済	サイ	す・む				
6	裁	サイ	さば・く				
6	策	サク					
6	冊	サツ					
6	蚕	サン	かいこ				
6	至	シ	いた・る				
6	私	シ	わたくし				
6	姿	シ	すがた				
6	視	シ					
6	詞	シ					
6	誌	シ					
6	磁	ジ					
6	射	シャ	い・る				
6	捨	シャ	す・てる				
6	尺	シャク					
6	若	ジャク	わか・い				
6	樹	ジュ					
6	収	シュウ	おさ・める				
6	宗	シュウ	ソウ				
6	就	シュウ	ジュ	つ・く			

附
錄

年級	漢字	讀法（片假名：表音讀；平假名：表訓讀）「‧」的後面是送假名					
6	衆	シュウ	シュ				
6	従	ジュウ	したが‧う				
6	縦	ジュウ	たて				
6	縮	シュク	ちぢ‧む				
6	熟	ジュク	う‧れる				
6	純	ジュン					
6	処	ショ					
6	署	ショ					
6	諸	ショ					
6	除	ジョ	のぞ‧く				
6	将	ショウ					
6	傷	ショウ	きず	いた‧む			
6	障	ショウ	さわ‧る				
6	城	ジョウ	しろ				
6	蒸	ジョウ	む‧す				
6	針	シン	はり				
6	仁	ジン	ニ				
6	垂	スイ	た‧れる				
6	推	スイ	お‧す				
6	寸	スン					
6	盛	セイ	も‧る	さか‧ん			
6	聖	セイ					
6	誠	セイ	まこと				
6	宣	セン					
6	専	セン	もっぱ‧ら				
6	泉	セン	いずみ				
6	洗	セン	あら‧う				

年級	漢字	讀法（片假名：表音讀；平假名：表訓讀）「‧」的後面是送假名						
6	染	セン	そ‧める	し‧みる				
6	善	ゼン	よ‧い					
6	奏	ソウ	かな‧でる					
6	窓	ソウ	まど					
6	創	ソウ						
6	装	ソウ	ショウ	よそお‧う				
6	層	ソウ						
6	操	ソウ	みさお	あやつ‧る				
6	蔵	ゾウ	くら					
6	臓	ゾウ						
6	存	ソン	ゾン					
6	尊	ソン	たっと‧ぶ	とうと‧い				
6	宅	タク						
6	担	タン	かつ‧ぐ	にな‧う				
6	探	タン	さが‧す					
6	誕	タン						
6	段	ダン						
6	暖	ダン	あたた‧かい					
6	値	チ	ね	あたい				
6	宙	チュウ						
6	忠	チュウ						
6	著	チョ	いちじる‧しい					
6	庁	チョウ						
6	頂	チョウ	いただき	いただ‧く				

年級	漢字	讀法（片假名：表音讀；平假名：表訓讀）「・」的後面是送假名					
6	潮	チョウ	しお				
6	賃	チン					
6	痛	ツウ	いた・い				
6	展	テン					
6	討	トウ	う・つ				
6	党	トウ					
6	糖	トウ					
6	届	とど・く					
6	難	ナン	むずか・しい				
6	乳	ニュウ	ちち				
6	認	ニン	みと・める				
6	納	ノウ	おさ・める				
6	脳	ノウ					
6	派	ハ					
6	拝	ハイ	おが・む				
6	背	ハイ	せ				
6	肺	ハイ					
6	俳	ハイ					
6	班	ハン					
6	晩	バン					
6	否	ヒ	いな				
6	批	ヒ					
6	秘	ヒ	ひ・める				
6	腹	フク	はら				
6	奮	フン	ふる・う				

年級	漢字	讀法（片假名：表音讀；平假名：表訓讀）「‧」的後面是送假名				
6	並	ヘイ	なみ	なら‧ぶ		
6	陛	ヘイ				
6	閉	ヘイ	と‧じる	し‧まる		
6	片	ヘン	かた			
6	補	ホ	おぎな‧う			
6	暮	ボ	く‧らす			
6	宝	ホウ	たから			
6	訪	ホウ	おとず‧れる	たず‧ねる		
6	亡	ボウ				
6	忘	ボウ	わす‧れる			
6	棒	ボウ				
6	枚	マイ				
6	幕	マク	バク			
6	密	ミツ				
6	盟	メイ				
6	模	モ	ボ			
6	訳	ヤク	わけ			
6	郵	ユウ				
6	優	ユウ	やさ‧しい	すぐ‧れる		
6	幼	ヨウ	おさな‧い			
6	欲	ヨク	ほ‧しい			
6	翌	ヨク				
6	乱	ラン	みだ‧れる			
6	卵	ラン	たまご			
6	覧	ラン				
6	裏	リ	うら			

年級	漢字	讀法（片假名：表音讀；平假名：表訓讀）「‧」的後面是送假名					
6	律	リツ	リチ				
6	臨	リン	のぞ・む				
6	朗	ロウ	ほが・らか				
6	論	ロン					

國家圖書館出版品預行編目資料

你的日語很奇怪ㄋㄟ / 三木 勳 著. --初版.
新北市中和區 ： 知識工場, 2011.08
面；公分 · --（日語通；13）
ISBN 978-986-271-085-2（平裝附光碟片）

1.日語　　　　　　　2.會話

803.188　　　　　　　　　　　100010569

知識工場・日語通 13

你的日語很奇怪ㄅㄟ

本書採減碳印製流程
並使用優質中性紙
（Acid & Alkali Free）
最符環保需求。

出版者 / 全球華文聯合出版平台・知識工場
作　　者 / 三木 勳　　　　　　　翻譯、校對 / 陳泳家
出版總監 / 王寶玲
總 編 輯 / 歐綾纖
文字編輯 / 蔡靜怡　　　　　　　美術設計 / 蔡億盈

郵撥帳號 / 50017206 采舍國際有限公司（郵撥購買，請另付一成郵資）
台灣出版中心 / 新北市中和區中山路 2 段 366 巷 10 號 10 樓
電　　話 / (02) 2248-7896
傳　　真 / (02) 2248-7758
I S B N　978-986 -271- 085-2
出版年度 / 2011 年8月

全球華文市場總代理 / 采舍國際
地　　址 / 新北市中和區中山路 2 段 366 巷 10 號 3 樓
電　　話 / (02) 8245-8786
傳　　真 / (02) 8245-8718

全系列書系特約展示
新絲路網路書店
地　　址 / 新北市中和區中山路 2 段 366 巷 10 號 10 樓
電　　話 / (02) 8245-9896
網　　址 / www.silkbook.com

線上 pbook&ebook 總代理 / 全球華文聯合出版平台
地　　　址 / 新北市中和區中山路 2 段 366 巷 10 號 10 樓
主題討論區 / http://www.silkbook.com/bookclub　◆ 新絲路讀書會
紙本書平台 / http://www.book4u.com.tw　　　　◆ 華文網網路書店
瀏覽電子書 / http://www.book4u.com.tw　　　　◆ 華文電子書中心
電子書下載 / http://www.book4u.com.tw　　　　◆ 電子書中心 (Acrobat Reader)

本書為日語名師及出版社編輯小組精心編著覆核，如仍有疏漏，請各位先進不吝指正。來函請寄
iris@mail.book4u.com.tw，若經查證無誤，我們將有精美小禮物贈送！